Gisela Sievers

Ein Weiser deine Zügel hält

Gedichte

FRIELING

Die Deutsche Bibliothek – CIP-Einheitsaufnahme
Sievers, Gisela:
Ein Weiser deine Zügel hält : Gedichte / Gisela Sievers.
– Orig.-Ausg.,
1. Aufl. – Berlin : Frieling, 1998
ISBN 3-8280-0582-9

Hünefeldzeile 18, D–12247 Berlin-Steglitz
Telefon: 0 30 / 76 69 99-0

ISBN 3-8280-0582-9
1. Auflage 1998
Titelfoto: MEV
Illustrationen: Gisela Sievers
Satz: Satz- und Verlagsservice Ulrich Bogun, Berlin

Printed in Germany

Unser Leben auf Erden – von Gott Vater geschenkt,
ist ein Leben der Lehre – von Christus gelenkt.
Ist ein Leben der Gnade des Herrn,
jeder Zweifel zu schade – Gott Vater hat uns gern.

Inhalt

Seit Februar 1997 betätige ich mich als Schreibmedium und bekam von der Geistwelt die Aufforderung, meine Gedichte, die ich über viele Jahre auf einfachen Zetteln geschrieben hatte, jetzt endlich zusammenzufassen und der Öffentlichkeit zur Verfügung zu stellen, da wir uns in einer sehr, sehr schweren Zeit befänden und diese Gedichte doch Stütze für viele Menschen sein würden, in der nun kommenden Zeit.

Zuerst bekam ich natürlich einen riesigen Schreck. Wieso ich? Die Gedichte waren so einfach verfaßt, aber, das mußte ich zugeben, sie enthielten viele Lebenslehren, selbsterfahrene Lebenslehren – was soll's, es war ja schließlich meine Entscheidung, ob ich sie zu einem Buch zusammenfassen würde, oder nicht …? Denn schließlich beinhalten diese Gedichte ja mein Privatleben, meine Erfahrungen.

Nein, dazu war ich nicht bereit, sie preiszugeben. So dachte ich noch, und schon kam die nächste Durchsage, daß ich doch endlich beginnen solle, „denn das, mein Kind, was du für zu einfach hältst, gerade das ist in unserem Sinne, weil es für jedermann verständlich ist, und es würde ja so sehr gebraucht."

Ja, das waren ihre Worte. Puh, schon wieder diese Aufforderung, jetzt ging es langsam nicht mehr aus meinem Kopf.

Doch wenn Sie, lieber Leser, denken, daß ich mich jetzt an die Arbeit setzte, dann irren Sie sich. Ich hatte so wenig Selbstvertrauen, so wenig Mut. Wie sollte ich als Laie auf dem Gebiet der Schriftstellerei glauben, daß man auf meine Gedichte wartete? Nein, ich nicht, doch ich muß gestehen, ich begann immer wieder diese Gedichte zu lesen, die ich seit 1990 schrieb, zum Teil auf Tankquittungen, auf irgendwelchen Schmierzetteln, denn wenn ich die Intuition verspürte, meine Gedanken niederzuschreiben, war ich oft im Auto oder inmitten der Natur, und mir fehlten die nötigen Schreibutensilien. Mir war jedes Mittel recht, und wenn ich es irgendwo mit einem Gegenstand oder den Fingernägeln einritzen mußte, die Gedanken mußten festgehalten werden.

Ich erinnere mich noch genau an meinen Geburtstag, den 5. Mai 1993.

Ich war gerade aufgestanden, ging ins Bad, kam aber nicht zum Duschen, weil ich wieder diese Intuition verspürte, mein Kopf voller Gedanken war, die nur so schrien, niedergeschrieben zu werden. Also, es half nichts, im Nachthemd setzte ich mich hin und schrieb und schrieb. Es war bereits lange nach Mittag, als ich endlich alles zu Papier gebracht hatte. Drei Gedichte waren in dieser Stimmung entstanden und ich saß immer noch im Nachthemd. Ich war so voller Glück und Freude, es war mein schönster Geburtstag, auch wenn ich erst nachmittags unter die Dusche kam. Ich spürte eine nie zuvor gekannte Harmonie, ein inneres Glücksgefühl in mir. Heute würde ich sagen, es war ein Gefühl von „Alleinsein mit dem Herrn“.

Ja, beim Lesen dann hatte ich wieder dieses Gefühl, und ich bekam auch prompt die dritte Aufforderung von der Geistwelt.

Jetzt erst war ich bereit, ich hatte keine Zweifel mehr, es war göttliche Führung, die mich diese Gedichte schreiben ließen. Nun folgten schwere, fast schlaflose Nächte, wo sollte ich beginnen? Ich hatte zwar alle Gedichte gesammelt, in eine Plastiktüte gesteckt und in einer Mappe verstaut. Ich fühlte mich wie vor einem Puzzle mit 1000 Teilen. „Keine Angst“, kam dann wieder von der Geistwelt, „mein Kind, beginne einfach, wir werden dir beim Sortieren helfen, du wirst schon sehen, es wird wundervoll.“ Ja, ich wollte es gern glauben, aber ich konnte es nicht, schließlich lag jetzt der Berg gesammelter Gedichte vor mir, nicht vor ihnen, nur zum Teil mit Daten versehen, wie, wie sollte ich es nur machen, wie sollte ich beginnen? Also langer Rede kurzer Sinn, ich fing einfach an. Es wurde wie eine Sucht, mein Denken und Fühlen galt nur noch den Gedichten ... und ich muß zugeben, es ging mir wirklich von der Hand, und dafür möchte ich meinen Geistführern an dieser Stelle einmal herzlichst danken, für diese liebevolle Führung, für den Zuspruch an Mut und Kraft. Als ich dann endlich nach monatelanger Arbeit die Gedichte geschrieben, sortiert und illustriert hatte, bekam ich von der Geistwelt die Zustimmung, daß es jetzt in Ordnung sei und daß ich nichts mehr ändern solle, weder an der Form der Gedichte noch an der Reihenfolge. Es wäre auch in ihrem Sinne, die Gedichte in drei Lebensstufen, „LEHRE, ERKENNTNIS und BEWUSST – SEINS – WERDUNG“ einzugliedern ...

Es war geschafft!

Auch wenn es in den Gedichten viele Übereinstimmungen gibt, beweist es doch eigentlich nur, daß es für mich die Wahrheit ist, und das trotzdem jedes Gedicht für sich spricht und neue Denkanstöße beinhaltet. Doch wenn ich meinen Mitmenschen in Form meiner Gedichte in der schweren Zeit Hilfe sein darf, bin ich gern bereit, dieser göttlichen Aufforderung Folge zu leisten. Ich hoffe, daß Sie, lieber Leser, erkennen mögen, wie positiv Lehren (oft auch leidvoll), Erfahrungen und die daraus resultierenden Erkenntnisse sind – weshalb wir (Sie und ich) „Leiden und Er-Leben“ dürfen, oder ob wir bereits das „Bewußtsein“ erreicht haben, zu begreifen, daß alles, und ich meine wirklich alles Geschehen seine Berechtigung hat, und wir immer zur „richtigen Zeit am richtigen Ort“ sind. Wir dürfen erkennen, jeder für sich, daß es überhaupt keine negativen Erfahrungen gibt. Es sind lediglich Hilfen und Stützen der Gotteswelt, unsere Schwächen in Stärken umzuwandeln, zur „Erweiterung unseres Bewußtseins“.

Ja, wir Menschen sollten endlich begreifen, daß Gott Vater keine Fehler macht … wir allein sind Täter.

Ich persönlich bin ein lebendes Beispiel dafür und heute so dankbar für diese Lehren, die mich meinen Weg erkennen lassen.

Auch ich bekomme natürlich immer wieder neue Lehren. Zwar werden die Abstände schon größer, weil ich heute einfach bereit bin hinzuschauen, was mir dieser neue Hinweis sagen möchte. Doch auch ich stelle oft noch die Frage: „weshalb schon wieder ich, was muß ich ändern?“ Nein, „Muß“ ist nicht das richtige Wort, denn der Herr gab uns den freien Willen und so dürfen wir uns immer frei entscheiden, welchen Weg wir gehen. Somit ist auch jeder schwere Weg in Ordnung, weil unsere Seele es noch braucht. Sie möchte einfach „Begreifen und Lernen“.

Ich kann Ihnen, liebe Leser, sagen, es dauert auch bei mir manchmal etwas länger, aber das Licht am Ende der Dunkelheit ist umso heller. Es sind alles Zeichen, daß der Herr uns liebt und sich bemüht, uns auf unseren eigenen Weg zu führen, denn wir sollten auch verstehen, daß niemand mit uns den selben Weg geht. Jeder hat eine andere Realität.

Wir sollten immer nur unseren Weg erkennen und nie andere für uns denken lassen.

Wir können zwar dasselbe Ziel haben, aber nur gleiche Wege gehen, denn jeder darf seine eigenen Erfahrungen machen, die ihm auch niemand abnehmen kann. Doch wir können es uns erleichtern, indem wir den Herrn im Gebet um Hilfe bitten.

Es bedeutet natürlich nicht, daß wir einander nicht helfen sollen, nein, wir können und sollen sogar einander Hilfe geben, wenn es der

Hilfe bedarf. Doch erfahren, erfahren muß es jeder selbst. Wenn Sie also jemanden helfen wollen, und sollte es z. B. das eigene Kind sein, dann lassen Sie es ruhig mal stolpern, denn erst jetzt hat es seine eigene Erfahrung gemacht. Sie dürfen es dann liebevoll in die Arme nehmen und trösten, aber Ihr Kind ist um eine Erfahrung reicher. Ich weiß, es gibt viele Ausnahmen, die ich aber jetzt nicht erläutern möchte. Durch aufgezwungene Hilfe, Besserwisserei, oder Erfahrung, wie wir Erwachsenen gern sagen, wird nur das Leiden des Kindes verlängert. So gut Ihre Ratschläge, Ihre Liebe auch gemeint sind, das ist und bleibt Ihre eigene Realität, niemals die der anderen. Sie können nur Denkanstöße geben, denn Ihr Kind ist nicht Ihr Eigentum. Es darf und muß sogar selbst erfahren.

Omnec Onec hat es in ihrem Buch „Handbuch Venusischer Spiritualität“ einmal sehr schön beschrieben:

Jeden Tag kann ich so sein, wie ich will, und Gedanken denken, die erschaffen werden, was ich auswähle. Ich werde bei allem, was ich tue, ausgeglichen sein. Ich werde kein Opfer von Umständen oder der Maßstäbe anderer sein, sondern Meister meines Schicksals. Ich werde ganz sein. Ich werde zur Größe dessen gelangen, was ich bin, denn ich bin Teil des Schöpfers.

Bleibt mir also nur noch der Wunsch an alle Leser, diese Bücher als meine ge- oder erlebten Erfahrungen (Weisheiten) zu betrachten und vielleicht als Hilfe Gottes für Sie anzusehen.

****

Nun fragen Sie sich sicher, lieber Leser, wie es zu diesen Gedichten kam. Ja, auch bei mir war es genauso wie bei vielen anderen Menschen. Ich habe mir alles redlich über mein eigenes Leid erarbeitet.

Ich bin 1944 in Wrohe, einem kleinen, nicht einmal Fünfzigseelen-Dorf im Kreis Rendsburg, geboren. Mein Vater, ein Schriftmaler, ist im selben Jahr, fünf Monate nach meiner Geburt, im Krieg gefallen. Ich selbst habe ihn nie gesehen, aber oft eine sehr starke Verbindung zu ihm gespürt.

Ich wuchs bei meinen Großeltern auf, da meine Mutter ja für den Unterhalt sorgen mußte. Von Natur aus war ich ein eher stilles, trauriges Kind und spielte mehr mit den Haustieren als mit den Puppen. Die Freiheit der Natur war und ist auch noch heute meine Welt, in der ich glücklich bin. Von den Menschen fühlte ich mich allzuoft nicht verstanden und alleingelassen. Im Denken und Fühlen schien ich eine Außenseiterin zu sein. Nach Abschluß der Mittleren Reife machte ich eine Ausbildung zum Einzelhandelskaufmann und Dekoration, denn ich mußte etwas Kreatives machen. Meinen Wunsch, mich doch im Malen oder in der Musik zu fördern, konnten meine Eltern – ja, meine Mutter hatte wieder geheiratet, als ich fünf Jahre alt war – mir leider aus finanziellen Gründen nicht ermöglichen.

Nach meiner Ausbildung heiratete ich und wurde Mutter von zwei Kindern. Mit der Geburt des ersten Kindes begann dann mein eigentlicher Leidensweg, meine Formung. Es folgten Krankheiten verbunden mit vielen Operationen, die mich so weit brachten, daß ich fast freiwillig aus dem unmenschlichen Leben gegangen wäre. Ich mußte meinen Arbeitsplatz aufgeben, da es mir gesundheitlich sehr schlecht ging.

Ich war gerademal fünfundvierzig Jahre alt und nicht mehr tauglich, einer geregelten Arbeit nachzugehen. Ich begriff einfach nicht mein schweres Schicksal. Ich fiel in ein sogenanntes tiefes Loch.

Aber, wie ich es auch bereits in einem Gedicht geschrieben habe, in dem Moment, als ich den Glauben an die Menschen, an den lieben Gott verlor, genau in diesem Moment wurde ein neuer, viel stärkerer Glaube an den Herrn in mir gebor'n. Plötzlich sah ich die Welt mit ganz anderen Augen, ich sah sie als Gottes Schöpfung, ich fing an, mich in Gebeten zu bedanken, für alles Leiden, alle Lehren, die mich zu dieser Erkenntnis geführt hatten. Ich konnte mich für Dinge begeistern, für Kleinigkeiten, denen ich früher nicht mal Beachtung schenkte. Ich begann zu sehen, plötzlich nahm ich mich selbst wahr, ich fing an, mich selbst zu erkennen, mich Stück für Stück zu lieben. Ich spürte wieder Motivation, überlegte, welche Möglichkeiten ich trotz meiner Behinderung noch habe und war erstaunt, wie groß die Auswahl doch ist. Das Leben hatte mich wieder. Ich fing an zu malen und Gedichte zu schreiben, einfach Dinge zu tun, die mir Spaß machten. Mit jedem Gedicht schrieb ich ein Stück Lebensgeschichte, legte einen Teil meiner Seelenlast ab. Ich machte dann noch die Ausbildung zur Yogalehrerin, die mir selbst gesundheitlich sehr viel brachte, und vermittle es gern an meine Mitmenschen.

Mein Bewußtsein wuchs. Das, was ich früher einmal für das wirkliche Leben gehalten hatte, das ist für mich heute lange Lehrzeit gewesen. Mein bewußtes Leben begann erst richtig mit fünfzig Jahren. Jetzt erst sah ich meine eigentliche Lebensaufgabe. Ich bin unserem Herrn, seiner Schöpfung ein Stückchen näher gekommen.

1993 dann spürte ich beim Schreiben, daß meine Hand geführt wurde. Ich war zu der Zeit fürchterlich erschrocken und habe es nicht zugelassen. Ich hatte noch nicht das Bewußtsein, ich war einfach noch nicht stark genug im Glauben. Es erschien mir unheimlich. Sicher hatte ich schon mal etwas gehört davon, aber nein, ich wollte es nicht. Ich, der Zweifler, bin, wie so oft in meinem Leben, wieder mal den schweren Weg gegangen, was mir die Geistwelt auch heute noch oftmals übermittelt.

Im November 1996 wurde mir dann durch ein Medium bestätigt, daß ich ein Schreibmedium sei, doch ich wartete noch bis zum Februar dieses Jahres, dann war die Intuition so stark, daß ich es einfach geschehen ließ.

Heute nun schreibe ich regelmäßig und danke für diese Gnade des Herrn, und nehme diese Führung gern an, denn sonst, liebe Leser, wäre mit Sicherheit dieser Gedichteband nicht entstanden.

Herzlichst
Ihre Gisela Sievers

Heft 1

LEHRE

Über Krankheit zur Gesundheit erwachen

Alleinverantwortlich für mein Leben

Wieder und wieder erfahre ich Leid,
wieder und wieder bin ich noch nicht gescheit.
Geschehnisse belasten mich immer noch schwer,
anstatt zu begreifen, mich zu lieben, zerstört es mich –
ich fühle mich leer.
Ich flehe zu Gott, um die Schwierigkeiten zu versteh'n,
die Lehre zu erkennen, zu ordnen, ein neues Verhalten zu
seh'n.
Ich flehe zu Gott, die Lasten leichter zu tragen,
mich nicht immer zu quälen mit Unverständnis und Fragen.
Ich flehe zu Gott, mir Güte zu schenken,
den Aufruhr meiner Gefühle zu lenken.
Ich flehe zu Gott, auch mich zu versteh'n,
meinen Mitmenschen die Augen zu öffnen,
auch mal meine Situation zu seh'n.
Ich flehe zu Gott, um Disziplin und Konsequenz,
um eine harmonische, zufriedene Existenz.
Ich flehe zu Gott, um Selbstachtung und Verständnis,
um den Sinn meines Lebens, um eine größere Erkenntnis.
Ich bitte um positive Gedanken,
um Öffnung meiner Herzensschranken.
Lasse mich bitte erkennen meinen Wert, mein Dasein,
meinen Lebenssinn,
lasse mich bitte wieder spüren Deine Nähe, Deine Güte –
führe mich zu mir hin.
Führe mich in ein neues Wohlgefühl, in eine neue Zufrieden-
heit,
führe mich bitte einfach in eine menschlichere Zeit.
In eine Zeit, wo innere Werte noch sind gefragt,
wo ganz einfach: „Ich habe dich lieb!" noch wird gesagt,
Wo Nächstenliebe Selbstverständlichkeit ist,
wo du niemals fühlst, daß du „alleingelassen" bist,
wo aus menschlichen Fehlern alle lernen können,
ohne jemals einen Schuldigen zu nennen.

Wo der Kranke sich wegen seiner Behinderung nicht schämt,
wo er sie zeigen darf und sich nicht grämt.
Wo der Kranke seine Einschränkungen nicht merkt,
weil das Verhalten, die Rücksicht seiner Mitmenschen ihn stärkt.
Wo er nicht Rücksicht auf die Gesunden nehmen muß,
und ihn hinterher nicht quälen das Gewissen und der Verdruß,
weil ich nicht bin, wie die anderen können sein,
fühle ich mich oft abseits und fürchterlich allein.
Wir alle machen Fehler, sollten öfter mal verzeih'n,
doch es sollte nicht nur der Kranke,
mit einem gesunden Verständnis, sein.
Ich bitte um Verständnis, Liebe, Gesundheit und Kraft,
um die Zufriedenheit, die ein neues Wertgefühl in mir schafft.
Gib mir bitte die Kraft, mir selber zu helfen, mich zu lieben,
mich zu schützen,
gib mir bitte die Kraft, auch anderen Kranken Mut zu machen,
sie zu stützen.
Gib mir bitte die Kraft, die Verantwortung für mich selbst zu tragen,
mich nie mehr nach dem Grund meines Daseins zu fragen.
Gib mir bitte die Kraft, glücklich zu sein,
mich auf jede Stunde, jeden neuen Tag zu freu'n.

Gib mir ganz einfach die Kraft, meiner Bestimmung nachzugeh'n,
Freuden zu erkennen, zu erleben und einen Sinn im Leid zu seh'n.

Gefangen von der eigenen Natur

Dort sind Wünsche, Träume, die nicht werden wahr,
weil mein eigener Charakter, meine Natur, gegen mich wie eine Festung steht da.
Dort ist die Sehnsucht nach der Erfüllung,
mein Wunschdenken,
himmelhoch die Mauer des Schöpfers, der alles wird lenken.
Dort steht Justitia, Wunsch und Vorsehung in der Schale der Waage wiegen,
sie ist zwar stumm, doch zeigt sie mir eindeutig,
welche Seite wird siegen,
denn nur du allein, lieber Mensch, bist verantwortlich für das, was du bist,
du solltest in dich hineinhören, durch deinen Körper
der Schöpfer dir sagt, was richtig ist.
Nimm dir einmal Zeit, um dieses zu erfahren,
es erspart dir eine Lehre von vielen, vielen Jahren.
Sprich mit deinem Körper, Tag für Tag,
nur er kann dir raten, was kein anderer vermag.
Lerne dich zu lieben, wie der Schöpfer will, daß du bist,
dann wirst du erleben, wie wohltuend Zufriedenheit ist.
Oft sind die Träume nur vorübergehendes Wunschdenken,
doch die wirkliche Erfüllung findest du nur,
wenn du dich läßt lenken.
Auch ich habe mich verändert,
denn die Zeit blieb nicht steh'n,
mein Blickwinkel wurde größer,
neue Perspektiven konnte ich seh'n.
Ich lächle über Träume und Wünsche aus vergangener Zeit,
fühle mich heute glücklich und wohl, bin von ihren Zwängen befreit.

Die Träume meiner Kindertage waren wirklich schön,
doch sie waren nur als Hilfe zu versteh'n.

Mein innerer Kampf

Schritt für Schritt gehe ich auf mich zu,
arbeite an mir, komme nicht zur Ruh'.
Tausend Gefühle in mir wohnen,
ich werde sie sortieren, ordnen – es wird sich lohnen.
Ich werde diese bösen Gedanken vertreiben,
nur Liebe und Vertrauen sollten in mir bleiben.
Nur ich allein bin zuständig für mein Glück,
niemand kann mir helfen – ich hole es mir zurück.
Ich möchte gern so ganz allein,
der Schöpfer meines Lebens sein.
Die vielen Eindrücke von heute und morgen,
die vielen Gefühle, sie machen mir Sorgen.
Heute bedrückt mich das Schreckliche auf dieser Welt,
morgen schon scheint die Sonne am Himmelszelt.
Heute belastet mich das sinnlose Morden, die Ungerechtigkeit,
morgen schon alles vergessen – ich bete für eine bessere Zeit.
Das Schicksal vieler Menschen belastet mich dann wieder sehr,
ich möchte gern helfen – es gibt keine Rettung mehr.
Jede menschliche Hilfe ist ein verlängertes Leiden in dieser Zeit,
um dieses zu begreifen, bin ich noch längst nicht bereit.
Denn dort, wo ich hätte helfen können,
nur Schakale, die alles nehmen, niemandem etwas gönnen.
Ich kämpfe, daß die Liebe, das Gute, nicht in mir erlischt,
doch es wird schwächer und schwächer – vom Bösen verwischt.
Gewalt und Skrupellosigkeit
sind die neuen Herrscher in dieser Zeit.
Es gibt zu wenig Gutes noch auf dieser Welt,
denn auch dieses ihm zum Opfer fällt.

Die Wirrungen dieser Gefühle belasten mich sehr,
meinen Weg zu ordnen fällt mir schwer,
denn Fairness und Nächstenliebe hatten Gültigkeit
in längst vergangenen Tagen,
der Herrscher „Mensch" nur zerstörte, möchte ich heut' sagen.

Eine Umkehr für alle Menschen dieser Welt,
mein größter Wunsch unter diesem Himmelszelt.
*Ein **„Füreinander und Miteinander"** leben,*
sollte sein unser aller Bestreben.

Geschenkt ist oft zu teuer

Geschenkt ist oftmals zu teuer,
geschenkt ist oft ein Spiel mit dem Feuer.
Du fühlst dich gekauft, nicht mehr im Gleichgewicht,
fühlst dich verpflichtet, das wolltest du nicht.
Geschenke legen dich oftmals in Ketten,
oft nur Erfüllung sinnloser Wetten.
Prüfe dein Herz, ob das Geschenk beruht auf Anerkennung, auf Liebe,
es erspart dir oft unmenschliche Hiebe,
denn mit Geschenken versucht man oft die Seele zu kaufen,
dir bleibt nicht genügend Zeit, um davonzulaufen,
darum prüfe, prüfe, ob es wirklich ist für dich gedacht,
sonst wird es sehr teuer und nur anderen Freude macht,
doch hast du das Geschenk erst angenommen, gibt es oft eine Wende,
und du wirst der Schenkende, ohne Ende.
Du wirst derjenige sein, der immer gibt,
in der Meinung, du wirst ja geliebt.
Doch eines Tages siehst du dann ein,
das kann doch keine Liebe sein.
So wurde deine Sehnsucht nach Liebe sehr teuer,
denn das Spiel mit dir war nur ein Spiel mit dem Feuer.
Wenn du dann spürst, daß die Gefühle keineswegs waren echt,
fühlst du dich ungeliebter als zuvor – jetzt geht es dir schlecht,
dann erst begreifst du, daß Geschenke können sehr teuer sein,
dein Gewinn nur ein Verlust, jetzt fühlst du dich wirklich allein,
du bist trauriger als jemals zuvor,
darum öffne nur Herzensgeschenken das Tor.

Doch ist das Geschenk in Liebe gehüllt,
dann hat sich dein Herzenswunsch erfüllt,
dann breite aus deine Arme, lasse die Liebe herein,
dann können es nur Gottes Gaben sein.

Wo ist meine kleine Welt ?

Ich suche meine Welt, sie ist mir entrückt,
ließ Trümmer und Scherben für mich nur zurück.
Ich suchte hier, ich suchte dort,
sie ist mir entflohen, meine Welt, sie ist fort.
Meine kleine Welt, voll Liebe und Schmerz,
von ihr ist geblieben nur ein einziger Scherz.
Ein Scherz, gesteuert nur noch von Geld,
das ist geblieben von meiner kleinen Welt.
Dinge, von denen ich früher nur geträumt, kann ich mir erfüllen heut',
doch für Liebe, für Liebe ist keine Zeit.
Ich finde keine Harmonie, ich finde kein Glück,
ich wünsche mir meine kleine Welt von damals zurück.
Ich schaue nach den Sternen, sie funkeln von oben,
Diese Welt ist eine Lüge, du wirst nur betrogen.
Der Mond, der sonst am Himmel hält seine Wacht,
verdeckt heute von Wolken, auch er sich Sorgen macht.
Er kennt die Menschen schon viele tausend Jahr',
sie zerstörten das Wunder Erde, er begreift nicht, wie dieses geschah.
Sie könnten alle leben in Ruhe und Frieden,
doch er zerstörte, nur wenig Platz ist ihm noch geblieben.
Der Schöpfer der Erde ist krank vor Schmerz,
seine Welt zerstört, es bricht ihm das Herz.
Krankheiten er jetzt unter die Menschen sät,
denn für eine Rückkehr ist es fast schon zu spät.
Ihr Menschen habt vertan euer großes Glück,
die Welt von damals kehrt nie mehr zurück?
Für eure Kinder, die kaum Freude kennen und wenig gelacht,
habt ihr den Himmel zur Hölle gemacht.

Das Erbe eurer Kinder ist sehr, sehr schwer,
Ihr solltet Ihnen helfen, sie brauchen euch sehr.
Sie müssen erkennen, daß Liebe mehr ist als Geld,
vielleicht können sie dann noch retten diese kranke Welt.

Unsere Welt

Unsere Welt hat keine Seele mehr,
kein durchblutetes Herz, es ist erschlafft und leer.
So hart wie Stein ist ihr Gesicht,
der Herrscher Geld sie immer mehr zerbricht.
Jeder Mensch nur ein Zinnsoldat in ihr,
verloren, ohne Identität, so steht er hier.
Die Seele wie ein verhungertes Kind am Wegrand dort,
verlassen, es ist ja nicht meine, ich schaue lieber fort.
Ich wende mich ab, es ist ja nicht mein Problem,
ich lasse diese traurige Seele einfach steh'n.
Die hilfesuchenden Augen rühren mich nicht,
schnell drehe ich mich um,
schaue nicht mehr in das verzerrte Seelen-Gesicht.

Doch ist meine Seele nicht verhungerter, verkrüppelter
als diese Seele es ist,
bin ich nicht in Wirklichkeit die Seele,
die all' diese Nächstenliebe vermißt?

Menschlichkeit

Schwere Gedanken bewegen mich in der Dunkelheit der Nacht,
ich sollte schlafen, doch ich liege wach.
Ich denke an gestern, heute und morgen,
mich bewegen die Menschen – ich mache mir Sorgen.
Dürfen wir uns überhaupt noch Menschen nennen
in der heutigen Zeit,
wo keiner ist zur *„MENSCHLICHKEIT“* mehr bereit?
Wir sehen den Nachbarn, der krank, arbeitslos und geraten in Not,
wir wenden uns ab, denn wir haben ja unser Brot.
Er kann seine Familie kaum noch ernähren,
und sich gegen die grausamen Angriffe der Mitmenschen
nicht wehren.
Er wird belächelt, denn er ist ja noch jung,
als nur faulkrank wird er abgetan, nein, der ist doch gesund.
So wird er gerichtet – denn es ist ja bequem,
kaum jemand sich Mühe gibt, die Probleme zu versteh'n.
Wo Menschlichkeit und Nachbarschaftshilfe wären angebracht,
wird er seelisch zerstört und ausgelacht.
Ein freundliches Wort, nur ein kleines Stückchen Brot,
das wäre Hilfe in seiner großen Seelennot.
Ich versuchte zu helfen, habe oft Gedanken mir gemacht,
es war wohl nicht richtig, denn auch ich wurde ausgelacht.
Jetzt liege ich hier und grüble nach, denn für mich ist es wichtig,
handle ich falsch, oder mache ich es richtig?
Als Schwäche, als unrealistisch wurde meine Hilfe geseh'n,
ich gebe ja zu – ich kann die Menschen schwer nur versteh'n,
denn:

Nur für Gesunde wird es Freude und Anerkennung geben,
der Kranke hat keinen Platz in diesem unmenschlichen Leben.

Alles, was du tust, tue in Liebe

Alles, was du in Liebe tust, tust du gern, tust du gut,
alles, was du in Liebe tust, macht dich zum Gewinner, gibt dir Mut.
Alles, was du in Liebe tust, läßt andere oft glücklich sein,
in Verbundenheit sich mit dir an der Natur erfreu'n.
Die Liebe gibt dir Kraft, die Alltagslasten zu tragen,
seltener wirst du nach dem „Warum immer nur ich?“ noch fragen.
Die Liebe läßt dich Dinge meistern, die du dir nie zugetraut,
das Gelingen beweist dir, der liebe Gott hat dir in Liebe geholfen,
er hat dir zugeschaut,
er unterstützt dich in allem, was du in Liebe tust,
er macht dir begreiflich, daß nur, was in Liebe getan, siegt,
du aber keineswegs mußt.
Du kannst versuchen dich gegen seine Liebe zu wehren,
du hast nur noch Probleme, es wird dir dein Leben erschweren.
Der Herrgott hat alles in Liebe geschaffen auf dieser Welt,
alles solltest du in Liebe pflegen, so daß es ihm und auch dir gefällt.
Unmut und Haß hat er nicht unter die Menschen gebracht,
es war menschlicher Egoismus, wir wollten den Wohlstand,
wir wollten die lieblose Macht.
Seine wunderbare Schöpfung „Natur“ hat der Mensch
grausam zerstört,
es folgen Krankheiten und Seuchen,
er nicht länger auf unser Klagen mehr hört,
Vorboten, Zeichen des Einhalts haben wir stets überseh'n,
wir zerstörten gründlich, es ging uns ja gut,
also konnte es ohne Liebe so weitergeh'n,
doch für unsere Natur kommt jetzt schon fast jede Hilfe
zu spät auf dieser Welt,
ohne Liebe verkümmert sie, denn wir leben, wie es uns gefällt.
Die Liebe, nur Träumerei der Vergangenheit,
hier herrscht das Vorteilsdenken,
wir sollten der Schöpfung des Vaters wieder mehr Liebe schenken.
Wir sollten lernen wieder dankbar zu sein,
wir sollten lernen, uns wieder an der wundervollen Schöpfung,

an kleinen Dingen zu erfreu'n.
Wir alle Schöpfungen Gottes sind,
gehören zu den Wundern dieser Welt,
wir haben manipuliert zu unserem Vorteil, entfremdet, verkrüppelt,
wie's uns gefällt.
Wir sollten uns ändern, daß wir wieder seiner Liebe sind wert,
denn nur der Glaube, das Vertrauen an ihn uns neues Glück beschert.
Auch die Pflanzen- und Tierwelt hat ein Recht,
wieder glücklich zu sein,
sie dient nicht nur unserem Profit, zusammen mit ihr
sollten wir uns am Leben erfreu'n,
doch wir nutzten nur ihre Schwäche für unseren Wohlstand aus,
vernichteten die Pflanzen, fällten die Bäume, bauten Haus an Haus.
Die Liebe hatte keinen Platz in diesem grausamen Spiel,
denn Lebensraum blieb unserer Pflanzen- und Tierwelt
nicht mehr viel,
Liebe heißt Sonne, heißt: *„Geben und Erhalten"*, heißt: *„Leben"*,
heißt: *„Glück"*,
wir haben nur genommen, Gott möge uns geben wieder liebevolle
Empfindungen zurück.

Lieber Gott, lasse unser Leben wieder liebevoller sein,
gib uns die Kraft, Deine Wunder zu retten, zu schätzen,
ganz einfach uns in Liebe an ihnen und mit ihnen zu erfreu'n.

Lerne mit dir zu leben

Ich suchte nach Liebe, Anerkennung und Glück,
es blieb das Gefühl des Versagens und der Verzweiflung zurück.
Ich kämpfte und kämpfte, verlangte viel von mir,
ich zog mich zurück, jetzt ist Friede in mir.
Ich habe gelernt, mich selbst zu versteh'n,
ich vertraue auf mich, das Leben ist schön.
Das Vertrauen zu vielen Menschen habe ich verlor'n,
doch das Vertrauen zu mir, zu meinem Handeln, ist neu gebor'n,
denn was mir gut tut in meinem Leben,
das sagt mir mein Körper – das werde ich erstreben.
Ich werde meine Gefühle immer zeigen,
es macht mich krank, wenn ich mich einhülle in Schweigen,
„denn die Schwäche deines Körpers sehr wichtig ist,
sie macht dich zu dem Menschen, der du wirklich bist,
sie zeigt dir deine Lehre hier auf Erden,
wollte dir nur Stütze und Hilfe werden".
Ich wollte oft sein, wie andere es sind,
erfolgreich im Leben und intelligent.
Ich kämpfte um etwas, was ich nicht besaß,
und dich, meinen Körper, ich oftmals vergaß.
Meine Gefühle habe ich oft verleugnet, mich krank gemacht,
doch heute weiß ich – ich habe oft falsch gedacht,
denn jeder Mensch hat eine andere Natur,
ich habe die meine – und mich gibt es einmal nur.

Doch wenn ich etwas erreichen möchte in meinem Leben,
werde ich tun, was mir die Natur hat mitgegeben,
denn was mir Freude macht, das mache ich gut,
ich habe Erfolg und werde gestärkt durch Führung und Mut.

„FREI SEIN“ von allen Zwängen dieser Welt

Ich möchte viele häßliche Dinge überspringen,
endlich wieder fröhlich sein, endlich mal wieder singen.
Pflichten, Pflichten, überall Pflichten, ich kann es nicht mehr hören,
es sind bürokratische Pflichten, die das menschliche Leben zerstören.
Ich möchte frei sein von allen Zwängen dieser Welt,
ich möchte frei atmen, mich einfach wohlfühlen,
endlich tun, was mir gefällt.
Denn menschliche Gefühle wie Zuwendung, Hilfe im Leid,
werden verachtet in der heutigen, kalten Zeit.
Große Freude durfte ich schon gar nicht zeigen,
schon hörte ich Worte wie „eingebildet – übertreiben“.
Viele Empfindungen mußte ich unterdrücken,
ich mußte sie erst ordnen – führe ein Leben auf Krücken.
Oft fühle ich mich falsch verstanden, oft verkannt,
weil meine Gefühle stärker, ich urteile mit dem Herzen,
nicht aber mit dem Verstand.
Ich ziehe mich immer mehr zurück,
ich habe keine Chance – ein Traum nur mein Glück.

Doch sind es nicht gerade die Zwänge im Leben,
die uns wieder lassen nach Freiheit streben?

Niedergeschlagenheit

Schwere Gedanken bestimmen mein Denken,
ich wünschte, ich könnte sie steuern, sie lenken.
Pessimismus und Haß zerdrücken wieder mal mein Herz,
ich fühle mich schlecht, ich fühle nur Schmerz.
Mir fehlt einfach der Sinn in meinem Leben,
wo finde ich den, wer kann ihn mir geben?
Ich schreie nach Hilfe, nach Liebe und Recht,
ich habe kein Vertrauen, die Menschen sind schlecht.
Die Natur, die sonst die Kraft mir gab,
heute ebenfalls traurig, als wenn auch sie starb.
Die Bäume schwingen traurig im Regen,
als fehle auch ihnen die Kraft zum weiteren Leben.
Ich sitze am Fenster, schaue in die Natur,
denke – wie trostlos ist dieses Leben nur.

Ich höre das Ächzen der Bäume, als wollten sie sagen,
„Haltet ein, ihr Menschen, helft uns wieder Blätter zu tragen".

Klagelied eines Baumes

Hörst du das Weinen und Klagen der Natur,
unsere Mutter, die Erde, ist krank, was machen wir nur?
Mein Laub sie wärmte in kalter Nacht,
meine Krone ist leer, ich habe keine Kraft.
Die Blumen, die sonst mein Herz erquickten,
längst an den Giften der Menschheit erstickten.
Der Mensch kein Auge mehr hat für das Schöne auf dieser Welt,
er fällte die Bäume – er brauchte das Geld.
Dort, wo einst die Bäume rauschten im Wind,
heute nur noch graue Betonbauten sind.
Die Betonghettos sind öde und kahl ohne Baum,
der Mensch hat es eilig – er sieht es kaum.
Der Vogel, der sonst so herrlich sang sein Lied,
auch er zieht fort, weil ihm kein Raum mehr blieb.
Die beruhigende Musik, von der Natur gemacht,
von Wiesen, Wäldern und Tierwelt erdacht,
die habt ihr durch Industrielärm und Gifte erstickt,
ihr fahrt alle Auto und meint, das ist das Glück.

Ob die Natur nun tot und tot der Baum,
das seht ihr nicht, das stört euch kaum.
Doch ihr braucht die Erde, die Tiere, die Wälder,
die euch den Sauerstoff geben,
glaubt ihr denn wirklich, Ihr könntet ohne sie leben?

Das sinnlose Sterben der Natur

So kahl, wie die Äste am Winterbaum,
ohne Blätter, ohne Vögel, ganz einfach nur braun,
so grau wie der Himmel, wenn die Sonne nicht lacht,
wirst du Mensch bald sein, weil nichts mehr Freude dir macht.
So trübe und giftig wie der einst klare See ist dort,
weil alle Fischlein starben – alles Leben ist fort,
so traurig wirst auch du, lieber Fischer, bald sein,
weil dein Netz leer bleibt, ohne Fang gehst du heim.
So stöhnen und ächzen wie ein kranker Wald,
wo kein Rehlein mehr springt, keine Büchse mehr knallt,
so freudlos blicken wie die letzte Blume am verdörrten Waldessaum,
wirst du, lieber Jäger, denn jetzt ist es Wahrheit
und leider kein böser Traum.
So verhungert, wie die Kuh, die im Stalle steht,
weil der Bauer keine Rüben geerntet, kein Heu mehr mäht.
Wenn dann das Vieh im Stall nach Futter schreit,
ja, lieber Bauer, und auch du Hunger verspürst, dann ist es soweit.
Oft haben wir Menschen gesprochen, daß es so nicht weiter geht,
doch es waren nur leere Worte – jetzt ist es zu spät.
Viele tausend Jahre hat die Natur uns alles gegeben,
wir hielten uns für intelligent, nahmen unserem Versorger das Leben.
im ausweglosen Kampf der Natur ums Überleben,
schauten wir nur zu – waren nicht bereit, Hilfe zu geben.
Wir hatten nur gelernt, wie man nehmen muß in dieser Zeit,
zum Geben und Unterstützen waren wir nicht bereit.
Wir haben doch alles bekommen in unserem Leben,
warum sollte es nicht auch jetzt eine Lösung geben?
Doch eine Schale der Justitia ist bereits leer,
sie schnellte empor – da gibt es nichts mehr.
In der anderen Schale ruht der Mensch mit seinem ganzen Besitz,
abgemagert vor Hunger und Durst –
in glühender Sonne er jetzt schwitzt.

Das Ozonloch viel zu groß, wir fällten die Bäume,
ein normales Leben, längst vergessene Träume.

Alles, was wir brauchten hatte der Schöpfer uns gegeben,
wir zerstörten – haben kein Recht mehr zu leben.
Der Finger der Justitia schon lange erhoben ist,
denn das Gleichgewicht der Natur gestört, wie ihr wißt.

Das Leiden der Schöpfung

Siehst du die Blume dort am Waldrand steh'n,
gestern erst erblüht, sie war wunderschön.
Der Mensch mit Gift hat sie besprüht,
heute ist sie verdörrt, sie hat nur einen einzigen Tag lang geblüht.
Der Schmetterling liegt leblos daneben im Gras,
er mußte sterben, weil er auf der wunderschönen,
vergifteten Blume saß.
Der Vogel sich freut, verschlingt den Schmetterling mit Genuß,
er kann nicht mehr fliegen, weil auch er sterben muß.
Die Katze, die Mutter von niedlichen Kätzchen ist,
sieht leichte Beute, schnell den Vogel sie frißt.
zurück zu den Kätzchen, geplagt schon vom Schmerz,
ich höre das Jammern der Kleinen, es bricht mir das Herz.
Die Milch, die noch einmal die Mutter ihnen gab,
sie war vergiftet, jedes Kätzchen daran starb.
Das Klagen der Kätzchen geht mir nicht aus dem Sinn,
hört auf ihr Menschen, wo führt es noch hin?

Nicht nur uns ihr zerstört, auch ihr seid bald dran,
und keiner auf dieser Welt euch mehr retten kann.

Ich liebe das Leben

Ich liebe das Leben, aber es ist oft nicht das meine,
ich liebe das Leben, aber stehe sehr oft alleine.
Ich liebe das Leben, wie ich denke, daß es könnte sein,
ich liebe das Leben, von Gedanken und Gefühlen so rein,
doch die Gedanken und Gefühle sind heute oft oberflächlich und leer,
echte Gedanken, echte Gefühle, die gibt es kaum mehr.
Ich würde mich verwenden, könnte ich steuern das Leben,
den Kurs ändern, es würde wieder echte Gefühle geben.
Ich suche nach Wahrheit, die es heute selten noch gibt,
doch wir sind Gefangene der Macht, wo nur jeder selbst sich liebt.
Wenn ich uns Menschen dann betrachte, dann fühle ich mich so klein,
wo ist das Vertrauen, wo ist die Liebe, wo kann der Mensch nur sein?
Der Mensch hat seine Seele verkauft, für Ansehen und Geld,
er hat verloren seine Identität auf dieser Welt.
Computergesteuert, zielbewußt und auf Unfehlbarkeit nur bedacht,
baute er sich auf ein Leben, das scheinbare Freude ihm macht.
Materielles Denken ist der Herrscher unserer Zeit,
Unabhängigkeit, Wohlstand eine wunderbare Bequemlichkeit.
Eine teure Bequemlichkeit, die ihn mehr kostet als er denkt,
weil er nämlich seine Gefühle, seine Liebe,
sein wahres „Selbst“ verschenkt,
denn tiefe Gefühle bedeuten tiefe Ruhe, bedeuten größtes Glück,
sie sind sehr kostbar, nicht käuflich,
die solltest du dir bewußt erarbeiten zurück.
Ich liebe das Leben, doch es könnte viel schöner sein,
gäbe es nicht den Egoismus, dieses „Für mich nur allein“.
Ich liebe das Leben, könnte ich wieder Gefühle zeigen,
gäbe es wieder eine Vertrautheit unter den Freunden,
brauchte ich nicht mehr zu schweigen.

*Ich liebe das Leben mit all' seinen menschlichen Problemen,
doch was skrupellose Kreaturen daraus machten,
dafür sollten wir Menschen uns heute schämen.*

Öffne mein Herz, oh, Herr

Lasse die Finsternis aus meinem Herzen,
lasse mich meine Sorgen vergessen, meine Not, meine Schmerzen.
Öffne mein Herz, lasse die Strahlen der Sonne wieder hinein,
lasse sie heilen meine Wunden, lasse mich endlich glücklich sein.
Die Strahlen der Sonne, sie streicheln mich lieb,
und geben mir verlorene Freude zurück,
denn Freude bringt Erfüllung in unser Leben,
nur wenn du sie selbst lebst, kannst auch du Freude geben.
Die Strahlen der Sonne, sie geben mir Kraft,
sie haben Frohsinn für einen Tag nur geschafft.
Die Sonne im Herzen sollten wir spüren und halten,
sie bestimmt unser Schicksal, unsere Gedanken, unser Walten,
so fürchtest du auch nicht die Finsternis der Nacht,
und freust dich einfach auf die Sonne am nächsten Tag.
Darum:

öffne dein Herz, lasse die Sonne hinein,
genieße dein Recht im Leben strahlend
und glücklich wie die Sonne zu sein.

Wo sind die Freunde?

Meine Gedanken treiben wie graue Wolken im Wind,
mal leicht wie eine Feder, dann wieder dunkel und schwer sie sind.
Kaum schwingen sie hoch, dann fallen sie nieder,
ich kann sie nicht greifen, sie belasten mich wieder.
Die Tränen rinnen mir übers Gesicht,
wo sind die Freunde – ich begreife es nicht.
Mein Herz ist voll Trauer und unendlich leer,
ihr Mitleid – nur leere Worte – und kein bißchen mehr.
Ich fühle mich allein und verlassen,
und kann den Verrat einfach nicht fassen.

Die lieben Freunde, sie teilten mit mir Freude und Glück,
doch in meinem Kummer ließen sie mich oft allein zurück.
Ich fühle darüber nicht einmal Haß,
ich glaube, es waren keine Freunde, die ich besaß.

Der Weg zur Erkenntnis

Lange habe ich gehadert mit meinem Schicksal,
mit den Menschen um mich herum,
ich war so deprimiert, so unglücklich und dumm.
In dieser Zeit, so schwer sie auch war,
lernte ich Menschen kennen, die ich früher nicht sah,
doch diese Menschen wurden neue Freunde in meinem Leid,
sie gaben mir Trost, wollten helfen in der schweren Zeit,
in dieser Zeit, wo ich mich selbst nicht verstand,
wo ich alte Freunde verlor,
mit denen mich einstmals tiefe Freundschaft verband.
Diese Freundschaft, so weiß ich heut',
war keine Freundschaft – zu keiner Zeit.
In meiner Krankheit war ich oft ungerecht, das sehe ich ein,
doch meine Freunde ließen mich seelisch allein.
Diese Zeit ließ mich erkennen, wie diese Freunde zu mir steh'n,
nie hätte ich Unterstützung,
ich müßte meinen Weg immer alleine geh'n.
Sollten mich meine Freunde brauchen, es ginge ihnen nicht gut,
würde ich helfen, sie stärken für neuen Lebensmut,
denn Freundschaft sollte nicht sein nur ein leeres Wort,
gerade in schweren Situationen solltest du sie beweisen – immerfort.
Diese Erkenntnis, diese Reife, wuchsen in dieser Zeit in mir,
es war ein langer Weg, meinem Schöpfer danke ich dafür.
Ich habe auf der falschen Seite gekämpft, gegen das eigene Ich,
der liebe Gott konnte es nicht zulassen, er kannte mich.
Er öffnete mir die Augen, ließ mich dieses Tal durchgeh'n,
ich erkenne meine Fähigkeiten, das Leben ist wieder schön.
Jetzt mache ich das, was mir gefällt,
vergesse meinen Kummer, es ist wieder lebenswert auf dieser Welt.
Ich möchte dort helfen, wo wirklich Hilfe wird gebraucht,
es gibt mir Zufriedenheit und ist Hoffnung für mich auch.
Noch bin ich rastlos,
ich kann erste Andeutungen meines Lebens seh'n,
doch ich sollte mich gedulden, ruhig werden,

um meiner Bestimmung nachzugeh'n.
Ich sollte mich erst festigen, glauben an mich,
es darf nicht umsonst gewesen sein, es muß erfüllen sich.
Meine Umwelt war mein Lehrer, die ganze Zeit,
sie war mein Werkzeug, hat mich geformt, jetzt bin ich bereit.
Bereit zu tun, was mir ist zugedacht,
Erfüllung finden, die mir Freude macht.

Ja, lieber Gott, ich sehe es ein,
diese schweren Jahre waren hilfreich, sie mußten wohl sein.
Sie ließen erkennen den Weg meiner Bestimmung, den Weg zu mir,
und dafür, lieber Gott, danke ich dir.

Freundschaft

Freundschaft entsteht oft in einem unbewußten Moment,
zu einem Zeitpunkt, wo man einander noch fremd.
Ich traf einen Menschen am richtigen Ort,
Ich hatte das Gefühl, bleibe hier, gehe nicht fort.
Ich hatte das Gefühl, zu Hause zu sein,
Ich fühlte mich wohl, verstanden, ich war nicht mehr allein.
Ich hatte das Gefühl, Gedanken zu lesen,
ihn zu kennen, wo ist er gewesen?
Doch der Moment, in dem er dann vor dir steht,
ist genau der richtige – nicht zu früh, nicht zu spät.
Es war der richtige Tag, die richtige Stund',
es kam ein Hilferuf aus meinem Mund.
Von diesem Moment an war eine neue Weiche gestellt,
in eine Richtung, die ich mir lange gewünscht auf dieser Welt.
Zuerst mochte ich noch skeptisch sein,
doch ich begann mich bald wohlzufühlen, ich kehrte in mich ein.
Ich möchte den Tag dieser Begegnung nicht mehr missen,
es war ein beiderseitiger Gewinn, er wird es auch wissen.
Ein neuer Weg steht mir jetzt offen,
es ist eine Herausforderung, sie läßt mich hoffen.

Es war kein Zufall, es war das Schicksal in meinem Leben,
es wollte mir Hilfe durch diese neue Freundschaft geben.
Es wollte mir neue Perspektiven zeigen,
um gedanklich nicht stehenzubleiben.

Der Schöpfer niemals menschlich denkt

Niemals gehen wir den Weg durch das Leben allein,
unsere Freunde können uns verlassen,
doch der Schöpfer wird immer bei uns sein.
Wir können ihn nicht fühlen, nicht hören, nicht seh'n,
doch näher als jeder Mensch dieser Welt wird er uns steh'n.
Er wird uns immer lieben und lenken,
der Schöpfer kennt kein Vorteilsdenken.
Oft war mein Weg gepflastert von Krankheit und Leid,
doch er mußte sein, ich erkannte es zur richtigen Zeit,
er sollte mich stärken, mich zu meiner Bestimmung führ'n,
und dieses, wenn es sein mußte, durfte ich des öfteren spür'n,
denn könnte der Mensch sein Leben führen nach eigenem Ermessen,
würde er denken oftmals nur an sich und seine Umwelt vergessen.
Nur der Starke hätte dann noch Platz auf dieser Welt,
er würde zum Richter der Schwachen, nur tun, was ihm gefällt.
Auf dieser Welt, das sehe ich ein,
wäre ich verloren und sehr, sehr allein.
Der Schöpfer ist weit entfernt vom menschlichen Denken,
uneingeschränkt wird er uns seine Liebe schenken,
denn dieser, unser Schöpfer, läßt uns niemals in Stich,
denn menschliches Handeln und Fühlen kennt er nicht.
Doch jeder Mensch, so menschlich er auch ist,
selten seinen Vorteil beim Denken vergißt.
Doch was helfen mir meine schönen Gedanken, meine schönen Ideen,
wenn ich nicht mal in der Lage bin, mich selbst zu lieben,
mich selbst zu versteh'n.
Ich bete, daß der Schöpfer mir Kraft gibt, an mich zu glauben,
an mich zu denken,
und meine Kraft nicht nur durch Einsatz für andere zu verschenken.
ich wünsche mir Stärke und Mut, wo ich sie für mich brauch',
dann kann ich helfen und meine Aufgabe erfüllen auch.

Dann weiß ich, daß ich Rechtes tue,
denn Du, Du schaust von oben zu.

Gib mir bitte die Kraft und auch die Güte,
und bitte mich weiterhin leite und behüte.
Ach lieber Gott, ich danke Dir,
ich habe so viele schöne Erkenntnisse in mir.

Leben in Einklang und Liebe mit mir

Kleine Dinge, wohlgemeinte Zeichen ließ ich außer acht,
liebevoll gemeinte Beweise waren sicher nicht für mich gedacht,
schenkte man mir Blumen, so hatte es sicher einen Sinn,
was erwartete man von mir, wo führte es hin?
So dachte ich und nahm die Liebe nicht an,
so dachte ich und daß es nicht möglich sein kann.
So dachte ich und habe alle Liebesbeweise verschmäht,
so dachte ich und habe stattdessen Unheil gesät.
In jedes Geschenk legte ich eine Absicht hinein,
mein „Selbst“ konnte es nicht annehmen,
es war sicher nicht für mich allein.
Jedes Mal hatte ich Angst, meine Gefühle zu verschenken,
ich fand keinen einzigen Grund, in Liebe an mich zu denken,
denn ich hatte oft gegeben und öfter noch anderen vertraut,
ich hatte einfach zu sehr auf meine Freunde gebaut.
Ich wünschte, aufgefangen zu werden in meinem großen Leid,
ich wünschte in den Arm genommen zu werden,
doch niemand hatte für mich Zeit.
Was ich freiwillig gegeben, hatte ich erwartet von ihnen, irgendwann,
ich war wohl mein größter Feind,
weil ich nicht uneingeschränkt geben kann.
Ich dachte mir für sie die schönsten Überraschungen aus,
voller Freude erwartete ich sie, doch sie kamen oft gedankenlos in
mein Haus.
Sie wollten mich sicher nicht verletzen, ich hatte es hineininterpretiert,
für sie hat dieser Gedanke nie existiert.
Vielleicht nahmen sie Rücksicht und ließen mich lieber allein,
in der Meinung nicht stören zu wollen und somit hilfreicher zu sein.
Dieses Verhalten, so dachte ich,
geht eindeutig wieder mal gegen mich.
Sie hatten sich gezeigt, wie sie nun einmal sind,
ich dagegen wollte es allen rechtmachen,
war ängstlich wie ein kleines Kind.

Ich legte mir immer neue Zwänge auf, um zu imponieren,
ich vergaß mich dabei, man mußte mich doch akzeptieren.
Ich hatte Angst vor meiner wirklichen Natur,
vor meinen Mitmenschen und deren Zensur.
Heute weiß ich, daß ich die Ursache allen Übels bin,
ich lasse urteilen, lasse geschehen, akzeptiere Negatives,
denn es hat einen Sinn.
Ich nehme mich an, gehe nicht mehr so hart mit mir ins Gericht,
ich lasse mich lenken, leiten,
denn anderen gegenüber habe ich keine Pflicht.
Was ich heute tue, mache ich freiwillig,
die Liebe macht mich dazu bereit,
ich bin meinen Freunden dankbar,
sie haben mich von meinen Pflichten, meinen Zwängen befreit.

Nur dem Herrgott diene ich ganz allein,
er wird immer meine Führung sein.

Verbitterung

Tiefe Verzweiflung ist in mir,
ich warte auf ein Zeichen der Erlösung, oh, Herr, von Dir.
Lasse die Sonne wieder scheinen in meinem Herzen,
verdränge den Haß, die Verbitterung, die Schmerzen.
Ich möchte lachen, glücklich sein, Freude haben und geben,
doch ich spüre eine große Leere – welch' Sinn hat noch mein Leben?
Durch Grübeln und Denken,
versuche ich mein Leben selbst zu lenken.
Vertrauen, Ehrlichkeit habe ich in die Menschen gesetzt,
es wurde mißbraucht – ich wurde verletzt.
Ich kann weder glauben noch versteh'n, mein Herz ist so schwer,
ich suche nach „Menschlichkeit", die finde ich nicht mehr.
Nicht nur die Natur – auch der Mensch ist zerstört,
und in naher Zukunft er der Vergangenheit angehört.
Gesteuert von Macht und Wohlstandsstreben,
hat er kaum Zeit noch menschlich zu leben.

Lieber Gott, gib uns die „Menschlichkeit" zurück,
führe uns wieder dort hin, Stück für Stück.

Der Grund meiner Seele

Auf den Grund meiner Seele der liebe Gott mir schaut,
er kennt mein Herz, meine Veranlagung, er auf mich baut.
Ihm zu entrinnen hat keinen Sinn,
auch über Umwege führt er mich zu meiner Bestimmung hin.
Meine Wünsche, mein Verlangen, läßt er oft außer acht,
denn er hat sich etwas ganz Besonderes für mich ausgedacht.
Der liebe Gott – kein Mensch, der bestechlich ist,
er setzt nur durch, wozu du geboren bist.
Er erntet nur Ungeduld, Haß und Leid,
doch er verkraftet es, setzt seinen Weg fort zu jeder Zeit.
Er ist Güte, sein Herz an Größe nie verliert,
es gibt keinen Menschen, den soviel Großzügigkeit ziert.
Die Armen und die Landstreicher auch seine Kinder sind,
um sie sorgt er sich sehr, wie eine Mutter um ihr Kind.
Oft müssen wir erst die Tiefe durchgeh'n,
erst leiden, lernen dankbar zu sein,
dann ist unser Leben wieder schön.
Ich hielt mich für brav, zuverlässiger als andere es sind,
ich hielt mich für ein ganz besonders gehorsames Kind,
doch der Grund meiner Seele war nur meinem Schöpfer bekannt,
für mich war er verschleiert, ich nichts mehr auf dieser Welt verstand.
Er mußte mir helfen, und fiel es mir noch so schwer,
er lichtete die Schleier immer etwas mehr.
Not, Sorgen, Krankheit waren seine Hilfe in dieser Zeit,
ich wollte mich oft selbst zerstören, ich war dazu bereit,
doch der liebe Gott, er wußte es genau,
er gab mir einen starken Willen und Kraft, er ist weise und schlau.
Ich war oft sehr, sehr erschöpft in dieser Zeit,
doch ich fühlte nur Hilfe, nur Dankbarkeit.
Gegen seinen Willen hatte ich vieles erstrebt,
er setzte die Grenze, ich habe oft die Hölle erlebt.

Die Kraft, die ich zur Selbstfindung habe gebraucht,
ist gewichen, ich fühle mich wie ausgelaugt.

Erschöpfung macht sich immer mehr in mir breit,
sie zwingt mich zur Ruhe, zum Nachdenken habe ich jetzt Zeit.
Ich fühle mich schwach, doch Traurigkeit verfinstert nicht mein' Sinn,
ist es ein erstes Zeichen, daß auf dem richtigen Weg ich bin?
Wir sollten uns lieber erfreuen an den kleinen Dingen im Leben,
wir sollten Freude erkennen – und auch Freude weitergeben.

Ich mache einen Rückblick und wage zu sagen,
ich hatte jeden Tag etwas Freude – auch in den schweren Tagen.

Krankheit als Umkehr

Krankenhaus

Ich liege hier und denke nach,
hat das Leben überhaupt noch einen Sinn, aber ach,
es ist schön, voller Freude, voller Leid,
alles zur richtigen Zeit.
Als in Gedanken ich keine Hoffnung mehr sah,
das Wunder von einer anderen Seite geschah.
Verzweiflung und Unzufriedenheit waren in mir,
ich wurde krank, jetzt liege ich hier.
Nicht Hilflosigkeit oder ein neues Problem,
nein, Ruhe und Frieden, das Leben ist schön.
Ich habe das Gefühl den Weg jetzt zu wissen,
und möchte das Zeichen meiner Krankheit nicht mehr missen.
Der Umweg war sehr lang und sehr weit,
er war sicher nötig, langsam werde ich gescheit.

Jetzt werde ich tun, was mir ist zugedacht,
und Erfüllung finden, die mir Freude macht.

Ein Hoch der Gefühle

Krankenhaus

Die Freude in meinem Herzen ist groß,
sie schäumt über, was mache ich bloß?
Ich kann mein Glück, meine Zufriedenheit noch gar nicht versteh'n,
in mir nur Erfüllung, was ist heut' gescheh'n?
Mein Denken, mein Fühlen ist wie ein Segen,
ich hoffe, ich kann es an meine Mitmenschen weitergeben.
Wie kann ich nur so glücklich sein,
ich könnte es aus vollem Halse schrei'n.
Wacht auf, das Glück liegt in der Natur,
du gehst blind daran vorbei und verachtest es nur.
Sammle es auf – schaue es dir an –
genieße es – und sage mir dann:

„Hast du jemals ein größeres Wunder geseh'n,
als die Natur, in der wir täglich mit beiden Beinen steh'n,
geballt von Farben, Schönheit und Harmonie,
kannst du schöpfen Kraft aus ihr – vergiß es nie,
denn alles, was du im Leben brauchst, gibt sie dir,
achte mal darauf – und danke dafür".

Das Wunder Auge

Das Glück, den Frühling durch das Wunder Auge zu genießen,
ist überwältigend, alle Pflanzen beginnen zu sprießen.
Die bunten Knospen sich am Tage öffnen – zeigen ihre ganze Pracht,
doch schließen sich am Abend für eine ganze Nacht.
Frisch und ausgeruht zeigen sie sich am Morgen
in ihrem schönsten Kleid,
es ist wieder Frühling – jetzt ist es soweit.
Hier blüht es gelb, dort blau, violett und rot,
es ist der Farben größtes Aufgebot.
Eine ständig wechselnde Farbenpracht,
hat sich der Frühling auch in diesem Jahr wieder ausgedacht.

Das Glück , den Sommer durch das Wunder Auge zu seh'n,
ist ein ganz anderes – und ebenfalls so schön.
Die wiegenden Kornfelder mit Mohn, Margeriten
und blauen Kornblumen geschmückt,
ist nur einer der vielen Zauber,
der mich auch diesen Sommer entzückt.
Der Duft vom Heu, von Wiesen und Feldern,
Das Zirpen der Grillen, das Quaken der Frösche
und der Vogelgesang in den Wäldern,
macht mich so froh und glücklich wie jedes Jahr,
denn ich rieche, fühle und höre – der Sommer ist da.
Auch dieser Sommer war wieder wunderschön,
ich habe ihn bewußter erlebt – ihn endlich mit offenen Augen geseh'n.

Ein neuer Gast das Wunder Auge entzückt,
der Herbst ist mit einer anderen Farbpalette herangerückt.
Die leuchtenden Farben erblassen in braun, kupfer und gold,
sie nehmen bald Abschied – ein neues Wunder geschieht –
von der Natur so gewollt.
Schon gibt es Regen, Sturm und Wind,
ein Blätterwirbel die Luft erfüllt – es freut sich jedes Kind.

Die Vögel sammeln sich, singen ihr Abschiedslied,
bevor es sie in die Ferne, in den warmen Süden zieht.
Ein Spaziergang durch die buntgefärbten Wälder,
vorbei an abgeernteten, braungepflügten Felder,
ist ein Erlebnis für Jung und Alt,
eine Vorfreude – der Winter kommt bald.

Das Glück, auch den Winter durch das Wunder Auge zu seh'n,
den sternenklaren Himmel in der Frostnacht, so wunderschön,
den zugefrorenen See, das schneebedeckte Feld,
denn jetzt regiert der kalte Winter unsere kleine Welt.
Eine Schlittenfahrt durch den weißen Winterwald,
ist ebenfalls ein Vergnügen für Jung und Alt.
Wenn der Förster liebevoll seine Tiere im Walde versorgt,
ist es so unwirklich schön, wie für einen Tag nur geborgt.
Wenn die Sonne dann scheint, die Luft ist so klar,
dann weißt du, der Winter ist da.

In Gedanken lasse ich die vier Jahreszeiten
noch einmal vorübergeh'n,
es gibt keinen Vergleich – jede ist ein Wunder,
so einzigartig und schön.

Über Krankheit zum Leben erwachen

Oftmals nur über Krankheit wir können gesunden,
sie öffnet unser Bewußtsein über falschgelebte Stunden.
Sie gibt uns Zeit, an den Grund unseres Daseins zu denken,
will uns durch Schmerz ein göttliches Leben schenken.
Sagt, kehr um, du einen falschen Weg hast eingeschlagen,
jetzt solltest du deinen Weg finden, dein eigenes Schicksal wagen.
Die Krankheit will uns nur helfen unseren eigenen Weg zu geh'n,
achte darauf, deine Intuition zu versteh'n.
Krankheit ist eine große Chance in unserem Leben,
hilft uns die eigene Erfüllung zu erstreben.
Neue Gefühle wie Liebe, Hoffnung
werden oft in der Krankheit geboren,
Depressionen und Traurigkeit haben den Kampf dann verloren.
In der Krankheit oftmals erst erwacht das Leben,
plötzlich sehen wir die Schönheit der Natur,
wir werden ganz bescheiden, lernen wieder das Geben,
und sehnen uns nach einem weltlichen Frieden nur.
In der Krankheit erwächst oft eine neue Lebensqualität,
erkenne sie, lebe intensiver, es ist nie zu spät.

Die Krankheit gibt uns viele Hilfestellungen im Leben,
wir sollten dankbar sein, ein neues Bewußtsein wird uns gegeben,
denn Gott der Herr kann oft nur über Krankheit korrigieren,
wir sollten es annehmen, nicht versuchen zu komplizieren,
wir würden kaum mehr die Sonne sehen, alles wäre vergebens,
denn dann wäre die Krankheit wohl die traurigste Erfahrung
unseres Lebens.

Friede in mir

Krankenhaus

Glück, Friede und Freud,
verspüre ich zu dieser Zeit.
Ich könnte geben, statt nehmen,
und mich totzdem nach viel Liebe sehnen.
Ich könnte geben, geben, geben,
und nie mehr nach materiellem Reichtum streben,
denn Reichtum ist für mich die Fülle im Herzen,
wie Gefühle großer Freude, von Wärme, Liebe, aber auch Schmerzen.
Reichtum ist, wenn ich fühle, ich bin nicht allein,
aufgefangen im göttlichen Geborgensein,
in der Liebe des Herrn, denn er hat mich gern.
Oftmals habe ich mich nach dem wahren Reichtum gefragt,
heute weiß ich es, mein Bewußtsein hat es mir gesagt:

„Friede und Geborgenheit,
das ist Reichtum in unserer Zeit!“

Wer bin ich eigentlich?

Unbekannte, neue Gefühle sind mir so nah,
Freude, Liebe, Zufriedenheit reifen in mir, ein neuer Frühling ist da.
Diese neuen Eindrücke, Empfindungen und Erwartungen
sind so beglückend und schön,
ich spüre eine innere Erleichterung, löse mich,
lasse den Winter geh'n.
Eine Verwandlung, eine Vielfalt neuer Farbenpracht,
hielt Einzug bei mir über Nacht.
Ein Frühling, so bunt wie ein Blumenmeer,
eine Macht, die meinen ganzen Körper beherrscht,
so gewaltig, so schwer.
Es erfüllt alle meine Sinne, mein Denken,
ich möchte es ordnen, doch es läßt sich nicht lenken.
Ich spüre, daß etwas Wunderbares in mir geschieht,
ich höre das Toben meines Körpers, komm, habe mich doch lieb.
Der graue Winter kämpft immer noch hartnäckig um sein Recht,
glaube dem Frühling nicht, er ist unberechenbar und schlecht.
Ich kann mich dem Frühling noch nicht ganz öffnen –
noch nicht geben,
ich habe Angst, auf rosaroten Wolken zu schweben.
Ich kann es noch nicht glauben, nicht fassen,
daß dieser wunderbare Frühling nur mir ist zugedacht,
sind es vielleicht nur Wünsche, Träume, Täuschungen,
ein Spiel, was der neue Frühling mit mir macht?
Doch wie kann ich all dieses Neue erfassen,
wenn ich noch nicht bereit bin, das Alte zu lassen?
Wie kann ich nur erkennen, ob es nicht nur Neckereien sind
und nicht mehr,
der neue Frühling berauscht mich so sehr.
Er kämpft ungebrochen und gibt mir Kraft,
ob er den Sieg über den alten Winter wohl schafft?
Immer mehr zieht er mich in seinen Bann,
fragt unentwegt, wann endlich, wann?

Meine Gefühle, mein ganzes Denken hat er längst
auf seine Seite gezogen,
doch ich kann noch nicht aufgeben, ich fühle mich betrogen.
Mein Körper längst möchte genießen dieses neue Glück,
doch da ist noch mein Verstand, und der hält mich zurück.
Gern würde ich mich mit voller Kraft dem Neuen geben,
wann bin ich soweit, wann darf ich das endlich erleben?
Immer noch versuche ich, mein Leben selbst zu planen,
wann begreife ich, daß schon längst festgelegt die richtigen Bahnen,
denn:

dieser, mein Kampf, das sehe ich längst ein,
bringt nur einen Sieg für den Schöpfer ganz allein.

Der holprige Weg zu meinem Selbst

Oft von Krankheit und Kummer erschöpft,
fühlte ich mich dem Ende nah,
wollte nicht begreifen, daß mir all' das Schreckliche geschah.
In Gedanken ging ich immer tiefer in mein Unglück hinein,
ich konnte nicht mehr lachen, nicht mehr glücklich sein.
So dachte ich noch – ein Wunder geschah,
in einem dunklen Moment
ich plötzlich eine völlig neue Perspektive sah.
In mir wuchs eine unerklärliche Freude heran,
ich spürte, daß die finsteren Jahre überhaupt nicht waren vertan.
Ich fühlte Kräfte, die ich nie zuvor gekannt,
ich spürte Schöpfung, Lebenswillen, Freude –
ich war wohl so verrannt.
Die Krankheit, die Erschöpfung ist immer noch in mir,
ich nehme sie an als Lehre – und dafür, lieber Gott, danke ich Dir.
Unbeschreiblich meine Reaktion,
was mein Unterbewußtsein dann machte,
ließ Vergangenes erblassen, mobilisierte, aktivierte –
ich oft schon wieder lachte.
Gefangen von dem eigenen Selbst in mir,
hatte ich verschlossen jeden Zugang, jede Tür.
Ich selbst verschloß sie mit negativen Gedanken
aus Kummer und Leid,
ich selbst hatte mich eingemauert in dieser Zeit.
Nur ich allein bin der Schöpfer all' dieser Zwänge in meinem Leben,
ich tat es unbewußt – habe mir kein Vertrauen mehr gegeben.
Nur ich allein kann mich befreien aus dieser Finsternis,
denn nur ich allein kenne den Schlüssel,
weiß, wie dunkel es wirklich in mir ist.
Durch wiedergewonnene Freude und Liebe
öffne ich mich bereits Stück für Stück,
schon spüre ich verborgene Energie, sehe Träume,
ein unerfülltes Glück.

Ein Bündel Energie möchte positiv genutzt auf dieser Erden,
möchte Wünsche und Träume wieder zur Erfüllung lassen werden.
Gestützt von diesem unerwarteten Glück,
kehre ich zu meinem Selbst zurück.
Meine Möglichkeiten sind so geballt – so viel,
ich darf jetzt wählen, erkennen – was ist mein Ziel?
Den Moment dieser Einsicht wünsche ich mir herbei,
voll Liebe, voll Freude, ich fühle mich so frei.
Mein größter Wunsch, meinem Leben einen Sinn zu geben,
der nicht nur mich erfüllt, der auch andere erfreut am Leben.
Mein Glaube an mich, an mein Selbst, habe ich wiedergefunden
er wächst in mir Tag für Tag, in vielen schöpferischen Stunden.
In mir eine grenzenlose Dankbarkeit,
für jeden erlebten Tag – auch für die lehrreiche Zeit.
Ich spüre, daß etwas Wunderbares,
etwas Einzigartiges in mir geschieht,
ich spüre neue Gefühle wie: *„Ich werde geliebt"*.
Die dunklen Zeiten waren nie gerichtet gegen mich,
sie gaben Antwort auf viele Fragen – und, wofür lebe ich?
Sie waren Schule für mich Tag für Tag,
sie lehrten mich, mich zu lieben, zu erkennen, daß ich mich mag.
Sie nahmen mir Lebensangst, gaben mir Mut,
es war wohl meine größte Lehre – wie gut das tut.

Die Angst des Alleinseins spüre ich nicht mehr,
Gehaltenwerden ist dort, wo es früher war leer.
Ich fühle mich wieder verbunden, mit mir vereint,
ich weiß heute, wenn es regnet, daß der Himmel nicht nur weint.

Oft geschieht es nur zum Schutz von vielen Dingen,
wir sollten nicht traurig sein, sondern lieber mal singen.

Mein fester Glaube

Jan.90/ Juni 93

In der schwersten Zeit meines Lebens,
als ich den Glauben an den lieben Gott verlor,
in dieser grausamen Zeit
wuchs ein viel, viel stärkerer Glaube in mir hervor.
Ich fühlte mich von unserem Schöpfer vergessen und verlassen,
ich wollte mein schweres Schicksal nicht annehmen,
konnte es einfach nicht fassen.
Doch statt Haß und Unmut wurde ein festes Vertrauen in mir gebor'n,
der Allmächtige hatte gesiegt – ich hatte verlor'n.
Es gibt Dinge, die der Mensch nicht begreift,
denn durch Krankheit und Kummer
ist ein völlig neuer Mensch in mir gereift.
Ein neuer, fröhlicher Mensch, der mir viel lieber ist,
der das Heute lebt, Vergangenes vergißt.
Mein Leben hat jetzt wieder einen Sinn,
der liebe Gott übernahm meine Führung – direkt zu mir hin.
Nun sage ich „Hallo", sehe mich das erste Mal richtig im Spiegel an,
ich lächele mir zu, habe mich lieb –
wie schön doch das Leben sein kann.
Mein Körper, der erschöpft, von mir unansehnlich gemacht,
heute wieder strahlt – hat sich ein sinnvolleres Leben für mich ausgedacht.
Er hat durchgehalten – ließ alles gescheh'n,
die Erfahrungen blieben nicht spurlos,
doch auch die Spuren meiner Lehrzeit sind schön.
So komme ich mir näher Tag für Tag,
begreife erst jetzt, daß ich mich mag.
Jeden Tag entdecke ich neue Seiten an mir,
alles jubelt – na, endlich stehst du zu dir.
Erst jetzt bin ich bereit mein Leben zu leben,
mein Selbst täglich neu zu entdecken,
es anzunehmen, ihm Hilfe zu geben.

Durch diese Erkenntnis – den Neubeginn,
ist alles Vergangene verblaßt,
für diese Selbstfindung dagegen – nicht schlimm.

Für diesen Gewinn kann ich nur noch „Danke“ sagen,
ich werde mit meinem Selbst ein neues Abenteuer wagen.
Ein Abenteuer, so ganz in meinem Sinn,
denn ich habe das Gefühl, daß auf dem richtigen Weg ich bin.

Was ist Glaube?

Glaube bedeutet Kraft.
Glaube Vertrauen in dir schafft.
Glaube heißt Stärke, heißt Mut,
Glaube läßt dich ertragen und wissen, es wird gut.
Glaube hat mehr Macht als Reichtum und Geld,
Glaube ist der größte Schatz auf dieser kalten Welt.
Glaube läßt dich auch an das Gute im Menschen denken,
Glaube kannst du vermitteln und Ungläubigen schenken.
Glaube heißt Hoffnung auf eine bessere Zeit,
Glaube heißt auch mal Schweres ertragen – dich machen bereit.
Bereit für deine Aufgabe auf diesem Planeten,
um diese für dich zufrieden erfüllen zu können, solltest du beten.
Je schwerer die Bürde auch heute ist,
sieh es als Prüfung, ob du deiner Aufgabe schon gewachsen bist.

Glaube hat so wunderbare Macht,
hast du schon mal darüber nachgedacht?

Krankheit als liebevolle Führung.

Glaube ist auch Heilung

Gesteuert von einer großen Macht,
die mich stärkt, die mich zufrieden macht,
gehe ich diesem neuen Tag entgegen,
fühle mich sicher, begleitet vom göttlichen Segen.
Die Hoffnung und der Glaube an mich, an dieses Leben,
werden mir meine Gesundheit wiedergeben.
Dankbar für die Erschöpfung, die mich zwingt zum Denken,
und die Ruhe, um mir neue Kraft zu schenken.
In Gedanken öffnet sich mir eine Tür,
ich trete hinein, himmlischen Frieden ich spür',
die Liebe, die Geborgenheit, die dort wohnt,
ich habe das Gefühl, daß mein Glaube wird belohnt.
Begreife die beginnende, wundervolle Heilung in mir,
die Allweisheit mich führte durch diese Tür.
Glaube und Vertrauen die größten Heiler sind,
keinen zuverlässigeren Arzt ich find'.
Die Hand, die sich mir bietet, die mich beschützt in dieser Zeit,
kommt näher und näher, ich spüre, die Führung ist nicht mehr weit.
Ich bitte um Lenkung, um breitere Sicht,
ich bitte voll Demut um Führung ins Licht,
um die Kraft meiner Hände zum Erhalt der Gesundheit,
zur Heilung vieler Kranker, von jetzt an bis in Ewigkeit.
Ich bitte um Hilfe, dort eingesetzt zu werden,
wo Menschen, Tiere und Natur mich brauchen auf dieser Erden.

Ich möchte Hilfe geben in Wort und Tat,
Menschlichkeit, Glauben und Heilung vermitteln,
offen sein für den himmlischen Rat.

Heft 2

ERKENNTNIS

Ein Weiser deine Zügel hält

Erkenntnisse

Ich lerne das Lachen Tag für Tag mehr,
mein Herz füllt sich mit Liebe so sehr.
Ich fühle die Wärme, die meinen Körper durchströmt,
ich fühle Kraft, Hingabe, ich werde verwöhnt
Ein Gefühl der Dankbarkeit ist in mir,
ich finde nicht die richtigen Worte, um zu danken Dir.
Es ist so wunderbar, ich lasse es gescheh'n,
viele neue Erkenntnisse in mir, so wunderschön.
Längst hatte ich vergessen, wo mein Platz auf dieser Welt,
keine Freude empfand ich mehr unter diesem Himmelszelt.
Mein Platz schien nicht auf dieser Erden,
denn jeder Tag brachte mir neue Lasten, neue Beschwerden,
doch als meine menschliche Not am größten war,
ein unbegreifliches Wunder geschah.
Ich begann über den Sinn meines Lebens endlich nachzudenken,
ich war nicht allein, ich wurde behütet,
der Herr versuchte, mich zu lenken.
Ich hatte den falschen Kurs, die falsche Richtung eingeschlagen,
mein Körper versuchte durch immer stärker werdende Schmerzen
mir dieses zu sagen.
Die schönsten Gefühle hatte ich mir untersagt,
nahm mir keine Zeit zum Denken,
ich übersah viele Hinweise, ich ließ mich nicht lenken.
Ich litt sehr viel, so konnte es nicht weitergeh'n,
Hilfeleistungen hatte ich überseh'n.
Ich wies die Hände, die sich mir boten zurück,
für mich gab es auf dieser Erde kein Glück.
Durch die Einkehr, die Ruhe, die mir jetzt aufgezwungen,
ist mir eine neue Erfahrung, eine Selbstfindung gelungen.
Zufriedenheit und das Vertrauen, das in dieser Nacht gewachsen ist,
habe ich in vergangenen Jahren sehr vermißt.

Jetzt habe ich das Gefühl, hier richtig zu sein,
die Lehre war erforderlich – auf Erden habe ich meinen Platz –
ich bin nicht allein.

Unsere Gedanken weilen oft in der Vergangenheit,
und was wir haben verloren,
wir übersehen dabei unsere Lehre,
die oft in diesen Schicksalsstunden wird geboren.

In der Dunkelheit fand ich das Licht

Ein erfahrener Mensch ich heute bin,
begreife, das Leben hatte immer einen Sinn.
Gestern nahm ich mein Schicksal noch schwer,
heute bin ich zufriedener, das Leben bedeutet mir wieder mehr.
Das Schicksal führte mich zu meinem eigenen Ich,
es hat sich gelohnt, heute kenne ich mich.
Ich kenne meine Schwächen, meine Fehler sehe ich ein,
ich muß nicht immer perfekt – nur glücklich sein,
denn oft ist es die Traurigkeit, die mir zeigt, wer ich wirklich bin,
meine Fehler, falsche Gedanken – sonst hätte das Leben keinen Sinn.

denn *„D U N K E L H E I T"* heißt für mich:

D URCHLEBEN
U NSICHERHEIT ABBAUEN
N UR LERNEN
K ORRIGIEREN
E RLÖSEN
L IEBEN
H ARMONIE
E RKENNEN
I NNERLICHES WACHSEN
T RANSFORMATION

Gerade in der Dunkelheit fand ich oft das verlorene Licht,
in der Dunkelheit erweiterte sich oft meine Sicht,
denn einen neuen Baustein für mein weiteres Leben
hatte mir stets die Erkenntnis in der Dunkelheit gegeben.
In der Dunkelheit wurde mir oftmals ein neues Licht geschenkt,
in der Dunkelheit wurde ich verstärkt von Gott Vater gelenkt.
In der Dunkelheit lernte ich wieder Dankbarkeit
und freute mich auf eine lichtvollere Zeit.

Ein neues Licht

Wenn es einmal ganz dunkel ist in deiner Welt,
wenn dich die große Einsamkeit befällt,
denke einfach an den Sinn des Lebens,
denn diese Dunkelheit ist nicht vergebens.
Schaffe in Gedanken dir ein Licht,
spüre die Dunkelheit – vertreibe sie nicht.
Sie ist ein Mosaik – dich zu entdecken,
Du solltest nur lernen, nicht aber erschrecken.
Du solltest empfinden, ganz tief in dir drin,
begreifen, die Dunkelheit hat einen Sinn.
Denn ist die Dunkelheit erst überwunden,
hast du ein neues Licht gefunden.
Doch dieses Licht, viel heller als zuvor,
erleuchtet dir das Himmelstor.

Inge G. 2003

Das Glück liegt nicht allein in Gottes Hand

Ist dein Leben leer, fehlt dir dein Ziel,
ist jeder Tag sinnlos, jede Mühe dir zuviel,
dann ist es soweit, warte nicht auf ein Wunder,
greife nicht nach den Sternen,
nimm es selbst in die Hand,
lasse dich nicht weiter vom Glück entfernen.
Schöpfe wieder Kraft, lerne positiv zu denken,
denn auch du kannst es beeinflussen und lenken.
Diese neue Umwelt ist eine Schöpfung von dir ganz allein,
du wirst an deinem Kummer wachsen
und lernen, wieder glücklich zu sein.
Du wirst lernen, dir zu vertrauen in deinem Leben,
dir selbst zu helfen, denn alles kann der liebe Gott dir nicht geben,
denn würde der Schöpfer dein Leben lenken allein,
hättest du keine eigenen Ziele,
dann würde es wirklich leer und sinnlos sein.

Lege dein Leben nicht in Gottes Hand allein,
denn er gab dir den freien Willen –
du wirst dein eigener Schöpfer sein.
der Herr gibt dir den nötigen Schutz hier auf Erden
und läßt deine Wünsche zur Erfüllung werden.

Wie schön, daß ich jetzt sehen kann

Wohin ich auch schaue, wohin ich mich dreh',
erst heute wurden mir die Augen geöffnet, erst heute ich richtig seh'.
Der Wald, die Wiesen und Felder strahlen in ihrer ganzen Pracht,
in einer Vielfalt von Farben und Schönheit, die Angst mir macht.
Ich stehe hier, einer Ohnmacht nah',
was ist nur geschehen, daß ich bisher von alledem nichts sah?
Ein halbes Leben lang hielt ich geschlossen meine Augen,
ich war wohl oberflächlich, ich kann es noch immer nicht glauben.
Ich möchte drehen die Zeit nie zurück,
Gott gebe mir Gesundheit, daß ich noch lange erlebe dieses Glück.
Dieses Wunder Natur in aller Vollkommenheit mit offenen Augen zu seh'n,
alles um mich herum zu erfassen, zu fühlen, zu riechen,
ist unbegreiflich schön.

Der Herr ließ uns „Riechen", „Hören" und „Sehen",
wir sollten seine ganze Schöpfung verstehen.

Das Märchen der Natur

Der kleine Sonnenstrahl die Wolken durchbricht,
er wärmt meinen Körper, erhellt mein Gesicht.
Die Wiesen bedeckt er mit seinem Glanz,
der Schmetterling fordert mich auf zum Tanz.
Die Blumen leuchten in allen Farben, zeigen ihr schönstes Kleid,
wache auf, kleiner Mensch, für dich wird es Zeit,
endlich die Vielfalt und Pracht der Natur zu seh'n,
und nicht mit geschlossenen Augen durch die Schöpfung zu geh'n.
Die Drossel singt im Eichenbaum,
hast du es je wahrgenommen, ich glaube es kaum.
Wache auf, kleiner Mensch, lege dich ins Gras,
auch wenn es ist vom Frühtau noch sehr naß.
Schließe die Augen, genieße den Duft,
von Wiesen und Wäldern und der herrlichen Luft.
Du fühlst dich wie im Märchen, verzaubert und schön,
aber es ist deine Natur, du hast sie nie richtig geseh'n.
Der Sonnenstrahl aus meinem schönsten Traum mich weckt,
ich öffne die Augen, bekomme einen Schreck.
„Warum mußtest du mich wecken aus meinem Traum?
Ich war so glücklich, ich fasse es kaum."
„Wache auf, kleiner Mensch, das Märchen Wahrheit ist,
es ist deine Welt, in die du geboren bist."
Der Sonnenstrahl blendet mein Gesicht,
er neckt mich und sagt, ich begreife es nicht,

das Märchen, das dich jeden Tag umgibt,
das dir zeigt, daß der liebe Gott dich wirklich liebt,
das willst du nicht glauben, das willst du nicht seh'n,
ich kann dich, lieber Mensch, leider nicht versteh'n.

Meine neuen Gefühle

Viele neue Gefühle kamen leise über Nacht,
eine Vielfalt, die Freude mir macht.
Gefühle, wie Liebe – ein Staunen für die Natur,
Gefühle, wie Erfüllung und Friede nur.
Gefühle, wie ein Vogel sich hochschwingend empor,
wie ein Sieger im Ring, der niemals verlor,
wie das Rauschen des Wassers, so voller Kraft,
hat ein ganz neues Erleben sich Zugang verschafft.
Staunend stehe ich vor dem Fenster hier,
unbegreiflich schön die neuen Gefühle, das neue Erwachen in mir.
Nie habe ich die Natur so herrlich geseh'n,
die Bäume, die Büsche, die Gräser und Blumen so schön.
Nie hat die Drossel schöner gesungen als heut',
niemals zuvor mit ihrem Gesang so erfreut.
Was ist nur gescheh'n so über Nacht?
nie zuvor mir das Leben so viel Freude gebracht.
Ich kann es nicht begreifen mit meinem Verstand,
es sind so viele Gefühle, die mir früher waren unbekannt.
Soviel Liebe und Wärme jetzt in mir wohnt,
es ist ein Gefühl, als werde ich belohnt.

Belohnt für den Glauben an dieses Leben,
wurden mir diese Gefühle gegeben.

Der Baum

Der Baum, ein Symbol für Kraft und Leben,
er wird gerüttelt und geschüttelt – er hat sich der Natur ergeben.
Er freut sich auf Regen und Sonne an unterschiedlichen Tagen,
auch Sturm oder Wind möchte er niemals verjagen.
Er läßt es geschehen, von Wehmut keine Spur,
es ist sein Lebenselexier – geschaffen für die ganze Natur.
Weiser als viele Menschen dieser Welt,
erkennt er die Wichtigkeit des Gleichgewichts,
das uns am Leben erhält.
Doch auch er ächzt und stöhnt bei Trockenheit,
mit aller Macht er sehnt sich nach der Regenzeit.
Dann endlich beginnt es zu regnen, immer mehr,
gewaschen wird sein grünes Kleid,
aufgetankt die Reserven, die schon ganz leer.
Bereits nach Tagen schüttelt er sich – jetzt hat er genug,
und ganz innen drin träumt er vom Wind – er ist sehr klug.
Bald sein Wunsch wird erfüllt, der Wind ist gekommen,
hat die Wolken des Regens mit sich genommen.
Jetzt wieder stark und prachtvoll er zeigt sein Glück,
denn dieser Wechsel der Naturereignisse kehrt immer zurück.
So trägt er sein langsam braun werdendes Kleid
stolz bis in den Herbst hinein,
doch dann wird er der Last müde, möchte schlafen
und unbekleidet sein.
Sein Wunsch wird stärker Tag für Tag,
auch dieser wird ihm erfüllt, der Schöpfer ihn sehr mag.
Jetzt hilft kein Wind, der Sturm muß herbei,
er bläst das Laub von den Ästen – der Baum ist bald frei.
Frei für seinen Winterschlaf,
in dem er sich erholen darf.
Oft deckt der Schnee ihn leise zu
und wünscht ihm gute Wintersruh.
Der Baum träumt in der stillen Zeit,
vom Erwachen im Frühling – bald ist es so weit.

Er träumt von den Vögeln, den Nestern in seiner Krone,
er schmunzelt und denkt, daß dieses Leben schön ist und sich lohne.
Er freut sich auf das neue Jahr,
und daß alles so bleibe – so wunderbar.
So ganz auf Freude – von innerer Wärme eingestellt,
der Schnee langsam von seinen Ästen fällt.
Noch einmal tief durchatmend, noch einmal ächzen und stöhnen,
öffnet er blinzelnd seine Augen,
läßt sich von der Frühlingssonne verwöhnen.
Voller Kraft und ausgeruht,
schaut er umher und holt sich Mut.
Es sprießen schon die ersten Blumen auf den Wiesen, im Garten,
plötzlich fühlt er sich nackt – er darf nicht mehr warten.
Schnell treibt er Knospen, es wachsen ihm Blätter,
es hilft ihm der Frühling mit seinem Wetter.
Und schon bald ein neues, hellgrünes Kleid seine Krone schmückt,
ja, er hat gut lachen – er weiß um sein Glück.
Noch während er ganz zufrieden denkt,
der Vogel ihm ein Liedchen schenkt,
und siehe da, so eins, zwei, drei,
kommen viele Vögel jetzt herbei.
Sie bauen hier ihr kleines Nest,
und feiern bald Geburtstagsfest.
Der Baum ist stolz, was er vollbracht,
gab vielen Tieren Schutz bei Tag und in der Nacht.

So lebt er glücklich Jahr für Jahr,
im Einklang mit der Natur – so wunderbar.

Ein unvergeßlicher Tag

Aus diesem Tag schöpfe ich die Kraft,
er gibt mir den Inhalt, alles, was mich glücklich macht.
Er wappnet mich für schwere Stunden,
gibt mir den Ausgleich für allen Kummer, den ich empfunden.
Aus diesem Tag schöpfe ich die Kraft,
empfinde Liebe, Freude, Dankbarkeit mit übergroßer Macht.
Ich kann es oft selber kaum fassen, nicht versteh'n,
doch ich finde das Leben an diesem Tag wertvoll und unbeschreiblich schön.
An diesem Tag genieße ich jede Stunde,
lasse alles um mich herum steh'n,
spüre völlige Harmonie, möchte nicht zur Ruhe geh'n.
Dieser Tag sollte haben viele Stunden mehr,
er entschädigt mich für Zeiten, die inhaltslos und leer.
Aus diesem Tag schöpfe ich all' meinen Mut,
der mich stärkt, der meinem Herzen tut so gut.
Dieser Tag ist das Gleichgewicht meinens Lebens,
ist wie das Blut in meinen Adern – und es fließt nicht vergebens.
Ja, für diese Freude, dieses Glück der Vollkommenheit, lebe ich,
denn für diese unvergeßlichen Stunden, an diesem Tag,
da lohnt es sich.

An diesem Tag lebte ich die Schöpfung in mir,
Gottes Licht und Liebe standen Spalier.

Das Sonnenkind

Dein Leben oft die Sonne umgibt,
darum schicke deine Strahlen weiter, habe auch andere lieb.
Es gibt so viele Menschen, die auf der Schattenseite steh'n,
denen gib deine Wärme, lasse sie die Sonne auch spüren und seh'n.
Auch für dich gibt es Zeiten,
wo der Mond zwischen Erde und Sonne sich stellt,
auch für dich gibt es Zeiten, da ist es ganz dunkel auf dieser Welt.
Diese Finsternis empfindest du als kalt und leer,
die Wärme der Sonne fehlt, die Gedanken sind schwer.
Sonne und Wärme, die du gegeben hast anderen im Leben,
diese Sonne wird man dir dann, wenn du sie brauchst,
auch wiedergeben.

Darum gebe immer weiter die Sonne, die in dir ist,
hilf, wo Hilfe wird gebraucht, dann bald ein wirkliches
„Sonnenkind" du bist.

Bleibe du selbst

5. Mai 1993

Bleibe unverfälscht und rein,
denn du wirst immer verantwortlich für dich sein,
lasse dich niemals von anderen Menschen leiten und lenken,
denn niemand ist in der Lage, für dich zu denken.
Vertritt dich selbst, zeige deine wahre Natur, zeige, wer du bist,
denn du wirst geliebt nur deinetwegen – weil kein anderer so ist.
Hilf dir ganz einfach du selbst zu sein,
nur dann kehrt wieder Harmonie bei dir ein.
Jede Fälschung wäre offener Betrug,
sie ginge gegen dich – das wäre nicht klug.
Keine Kopie eines anderen paßt zu dir,
sie würde falsche Bewunderer finden, glaube mir,
denn willst du wahre Liebe und Aufrichtigkeit,
dann setze dagegen wahre Gefühle, zu jeder Zeit.
Gerade was an guten und schlechten Eigenschaften in dir ist,
gehört einfach zu dir, macht dich einmalig – zu dem, was du bist.
Du selbst möchtest ja auch, daß man dir echte Gefühle zeigt,
keine Heuchelei,
so zeige auch du deinen wahren Charakter und keine Gefühlsduselei,
denn deine Gefühle, deine Empfindungen sind nur in dir geboren,
nur gewachsen in deinem Leben, in deinem Ich,
niemand kann sie nachvollziehen – sie waren nur bestimmt für dich,
darum nehme sie an und lebe sie aus,
lerne aus ihnen, lasse sie sich fühlen im richtigen Haus.
Sie gehören nur zu dir, sie sind deine Wegbereiter,
ohne sie würdest du blockieren, dich verirren und kämest nicht weiter.
Das Leben kann so wunderbar sein,
nur mit deinen Empfindungen, deinen Gefühlen,
fühlst du dich niemals allein.

Es ist ein Wunder, von der eigenen Tugend geführt zu werden,
darum *„Bleibe du Selbst"* hier auf Erden.

Ich gehe oft in die Stille, akzeptiere meine Gefühle, schreibe sie nieder,
es ist phantastisch, sie stimulieren mich, sie kehren immer wieder,
sie kehren wieder, bis ich sie in Liebe habe aufgenommen,
dann erst verschwinden sie und neue Wegbereiter für mich kommen.

Gleichgewicht

Ich habe oft gelacht, doch mehr noch seelisch geweint,
das Schicksal, so dachte ich, hat es nicht gut mit mir gemeint.
Heute lache ich schon etwas mehr,
doch wenn es drückt, weine ich mich frei und leer.
Ich weine den Kummer fort,
verlasse diesen traurigen Ort.
Fühle schmeichelnde Wärme, wieder Sonne im Herzen,
verbanne die Traurigkeit, die Reste der Schmerzen.
Fühle mich wohler, befreiter, als jemals zuvor,
fühle Erleichterung, geöffneter sind Augen und Ohr.
Geöffnet für alles Geschehen um mich herum,
lerne ich von der Natur, denn sie ist nicht stumm.
Sie ist gelehrter, als der Mensch es denkt,
sie ist für uns Menschen ein großes Geschenk.
Mit dem Lebensraum, den der Mensch ihr nimmt,
er selbst großes Unheil über sich bestimmt.
Selbst nimmt er sich die Schönheit und Erfahrung der Natur,
sein Preis ist Krankheit – das Gleichgewicht, es fehlt ihm nur.

Lerne von der Schöpfung „Natur",
sie ist dein Wegweiser nur.

Zuviel

Erfahren wir keine Liebe, sind wir einsam und leer,
erfahren wir zuviel, erdrückt es noch viel mehr.
Erfahren wir zuviel Freude im Leben,
bleiben wir charakterlos, können keine Gefühle weitergeben.
Wird uns jeder Wunsch erfüllt,
ist unsere Sehnsucht vorzeitig gestillt.
Überfluß verteilen beizeiten, läßt nichts werden zuviel,
denn Ausgewogenheit hält jung, wir werden nicht senil.
Wir sollten teilen unseren Reichtum, die Liebe, die Macht,
mit Menschen, die nicht so reichlich sind bedacht.
Geben sollten wir vom Überfluß, der uns erdrückt,
geben es jenen, die von Sorgen gebückt.
Oft haben wir uns geplagt, von früh bis spät,
geerntet, was selbst wir haben gesät.
Heute quälen uns Sorgen, das „ZUVIEL" zu verlieren,
besitzergreifend sie unsere Ängste schüren,
denn materieller Besitz ist nicht der Reichtum auf dieser Erden,
ohne ihn könnten wir oftmals glücklicher werden.
Oft macht er uns kleinlich und stur,
weil wir meinen, es wäre allein unser Verdienst nur.
Doch wirklicher Reichtum ist Freude und Liebe im Leben,
das kann uns ein „*Zuviel*" wirklich nicht geben.

Wahres Glück, wahre Zufriedenheit werden in Bescheidenheit erlebt,
niemals dort, wo gedanklich nur nach Wohlstand wird gestrebt.

Das Gleichgewicht der Natur

Zum Erfolg gehört die Niederlage, zur Freude das Leid.
Zum Leben gehört beides, am besten getragen zu zweit.
So wie Haß und Liebe zusammengehört,
die Verbindung eher festigt als zerstört.
An Gegensätzen können wir lernen, uns selbst zu versteh'n,
an Gegensätzen erst wachsen – das Leben ist schön.
Auch wenn wir die Sonne lieben, weil sie uns wärmt am Tag,
freuen wir uns bereits auf die Kühle und Stille der Nacht.
Wenn in Trockenheit die Blumen ihre Köpfe lassen hängen,
bringt der Regen Erlösung, befreit aus den Zwängen.
Die Natur immer das Gleichgewicht hält,
würde der Mensch nicht zerstören, wie es ihm so gefällt.
Lachen kannst du auch nicht zu jeder Zeit,
oft ist es das Weinen, daß dich von Lasten befreit.

Wenn du Freude gibst in deinem Leben,
lasse dir auch mal Freude geben,
denn Freude bringt Zufriedenheit
und stärkt dich für erneutes Leid.

Auch Regen ist schön

So schön und bunt ist die Natur,
so sauber und sonnenklar, von Falschheit keine Spur.
Der Regen nahm wieder mal weg allen Staub,
ließ nichts verdursten – befeuchtete Äste und Laub.
Zum Dank sie grünt und blüht, trägt oft ein neues Kleid,
wiederholt sich jährlich – immer zu neuen Stimmungen bereit.
Auch wenn es regnet und stürmt, so an manchen Tagen,
erstrahlt die Natur – sie kennt kein Verzagen.
Die Blumen erheben ihre Köpfe, sie leuchten mich an,
der Vogel singt vom Baum nebenan.
Ich gebe ja zu, mich überzeugt diese Weise,
es muntert mich auf – innerlich singe ich schon ganz leise.
Der Regen stört mich heute nicht,
er ist mir willkommen – er tut seine Pflicht.
Ich spüre, wie die Pflanzen den Regen genießen,
sich wohlfühlen – die Knospen lassen sprießen.
Auch das Stiefmütterchen strahlt mich an und denkt:
Lieber Mensch, für mich ist der Regen heute ein großes Geschenk.
Jetzt kann ich wachsen und gedeih'n,
und du dich viel, viel länger an mir erfreu'n.

So genieße ich den Regen, gehe hinaus in die Natur,
erfreue mich ganz einfach an der Schöpfung nur.

Gegen den göttlichen Plan

Ich habe die Weisheit und die Reinheit der Natur gespürt,
doch menschliches Denken mich oftmals verwirrt.
Wie kann die Natur nur so prägend sein,
dagegen ich fühle mich unwissend und klein.
Der Mensch oft arbeitet gegen den göttlichen Plan,
übersieht seine Chance – er hat sie vertan.
Er hält sich für den großen Macher dieser Welt,
er manipuliert Natur und Mensch – stört weiterhin das Himmelszelt.
Oft weiß er nicht, wieso, warum.
Die Natur verblaßt – bleibt grau und stumm,
doch sie weiß genau, wer unsere Gesetze macht,
daß nur die Allweisheit des Herrn uns hat den Schutz gebracht.
Wir Menschen sollten lernen und schmerzt es uns noch so sehr,
uns mit inneren Werten zu befassen,
sonst ist dieser göttliche Weg dornig und schwer.
Wir sollten uns niemals anmaßen, Richter zu sein,
vor unserem Schöpfer stünden wir ganz allein.
Nicht einmal er straft böse Taten,
er hilft lediglich durch Hinweise und Lehren, die in unser Leben traten.
Sage Dank für jede Hilfe auf dieser Welt,
zeige Dankbarkeit, daß ein Weiser die Zügel hält.
Was du als Strafe hast angeseh'n,
war nur eine Lehre, um alles besser zu versteh'n,
es ist göttliche Hilfe in einer schlimmen Zeit,
denn du, lieber Mensch, hast dich entfernt vom Vater – viel zu weit,
denn je stärker du spürst den Hinweis, den Schmerz,
desto verständnisvoller und weiter wird dein Herz.

Verstehen wächst oft nur im Leid,
für ein Umdenken bleibt nicht mehr viel Zeit,
darum öffne deine Augen, spüre das liebevolle Lenken,
und übe dich im herzlichen Denken,
nur so kannst du noch retten, solange es geht,
denn unsere Welt nur noch kurze Zeit besteht.

Weshalb?

weshalb mich meiner Schwäche schämen,
weshalb grübeln, weshalb grämen?
Weshalb nur böse Dinge seh'n,
weshalb nicht versuchen, das Gute zu versteh'n?
Weshalb nicht die Sonne scheinen lassen,
anstatt mich nur mit Schlechtem zu befassen?
Weshalb nicht mein Herz erwärmen,
und einfach von der Liebe schwärmen?
Weshalb nicht einfach auf die Stimme meiner Seele hören,
und mag es andere noch so empören?
Weshalb immer nur Bitterkeit,
wenn in mir so viel Herzlichkeit?
Jetzt nehme ich das Leben, so wie es ist,
ich habe mich gern – bin Optimist.
Anstatt zu weinen, genieße ich das Lachen,
mein Dasein soll mir wieder Freude machen.
Mein Schicksal annehmen, um zu lernen,
in Dankbarkeit leben, auch mal träumen von den Sternen.
Nur im Gebet kann ich wieder sehen und hören,
nur im Glauben wird mich kein Hindernis stören,
denn Hindernisse habe nur ich Mensch geschaffen, allein,
konnte mich nicht annehmen –
konnte nicht glücklich und zufrieden sein.
Ich hatte ganz einfach meine Gefühle blockiert, vergessen,
wollte mich immer mit gesunden Menschen messen.

Weshalb immer nur ich, wir Menschen uns häufig fragen,
weshalb, anstatt einfach einen neuen Weg zu wagen.

Kleinigkeiten

Es sind oft die Kleinigkeiten im Leben,
die unbeachtet keinen Sinn ergeben.
Diese Kleinigkeiten hatten für mich sehr viel Wert,
denn es waren Hinweise, die nicht jeder erfährt.
Sie waren als große Hilfe mir zugedacht,
und was habe ich daraus gemacht?
Ich wollte nicht hinschauen, hielt meine Augen verschlossen,
und wieder mal sind viele Tränen geflossen,
wieder mal mußte ich den schweren Weg geh'n,
bis zur Erkenntnis,

Zum Hören, Fühlen und Seh'n.

Ströme des Lebens

Ströme des Lebens durchziehen mein Sein,
in mir nur Strahlen – nur Sonnenschein.
Ströme des Lebens durchfließen mein Sein,
in mir auch Trauer – auch Schattendasein.
Ströme von Kraft, sie lassen mich leben,
manchmal belastend, doch oftmals erheben.
Ströme, die mich erwecken und stärken,
die mich lassen Führung merken.
Ströme neuer Lebenskraft,
haben in mir ein neues Erwachen geschafft.
Sie stärken meine Sinne, erweitern meine Gedanken,
sie breiten sich aus, sie schwächen die Schranken.
Leicht schwingend über jede Mauer entgegen dem Glück,
vorbei an den Ängsten, zu mir zurück.
Zu den Wunschträumen in meinem Leben,
werden mir die Freiheit geben.
Erlösen das zwanghafte Denken,
werden neues Bewußtsein schenken.
Es beflügelt meine Sinne,
ein großes Aufarbeiten früherer Erlebnisse in mir drinne.

Mal halte ich die Arbeit für getan,
schon fängt es wieder von vorne an.
Läßt keine Tugend zur Beständigkeit werden,
schützt uns vor Selbverständlichkeit, läßt uns lernen hier auf Erden.

Mein ganzes Sein ist Erwartung

Geführt, gelenkt, geleitet,
von einer fremden Macht begleitet.
In mir nur Freude, Liebe und Güte,
Hoffnung, Friede und Glaube mich weiter behüte.
All mein Sinnen auf Erfüllung ausgerichtet,
auf einen neuen Weg, der mich verpflichtet,
der mich führt zu meinem erwünschten Ziel,
wo mir keine Mühe ist zuviel.
Ich freue mich auf diese, meine Zeit,
gern wäre ich schon heute bereit.
All mein Denken erfüllt von diesem Augenblick,
schreite ich vorwärts und schau nicht zurück.
Ich fühle mein Glück so nah,
alles ist so wunderbar.

Mein ganzes SEIN ist Erwartung, Zuhören und Denken,
Bereitsein zum göttlichen Lenken.

Sehnsucht

Ich suche deine Nähe, das Gefühl der Geborgenheit,
ich suche deine Wärme, die mich von Kälte befreit.
Ich suche die Ruhe des Abends – den Frieden der Nacht,
erinnere mich an glücklichere Stunden –
habe große Sehnsucht danach.
Genieße die Träume aus vergangener Zeit,
spüre mein seelisches Wachstum – mein Herz blutet und schreit.
Fühle mich von dir behütet und geborgen,
habe Vertrauen auf ein besseres Morgen.
Befreie mich aus den Zwängen der vergangenen Zeit,
spüre die Veränderung, die nicht mehr so weit.
Gedanken, sie wirbeln im Kopf hin und her,
sie suchen nach Lösung, sie tun sich so schwer.
Sie suchen die Antwort auf Fragen, warum?
Doch zu früh sind die Fragen, die Antwort bleibt stumm.
Sie müssen noch reifen, gedeihen in der Stille,
ich glaube, das ist Gottes Wille.

Oft suchen wir nach Antworten auf vergangene Fragen,
vergessen, eine neue Zukunft zu wagen.

Wunder gibt es nicht

Nur tiefer Glaube, innige Gebete in Erfüllung geh'n,
oberflächliche Wünsche im Wind verweh'n.
Wünsche dir in Liebe, glaube an den Schöpfer – an dich,
du wirst denken, nur Wunder erfüllen sich.
Das größte Wunder aber bist du, lieber Mensch, auf Erden,
wenn du dieses erkennst, wird es täglich schöner für dich werden,
darum vertraue auf Gott, glaube an dich allein,
so wirst du bald der Schöpfer deines Glückes sein.
Glaube, daß dir nur Positives geschieht,
so ist es dann auch, denn du wirst ja geliebt.
Geliebt durch deine eigenen Gedanken,
gibt es zwischen Gott und dir dann niemals mehr Schranken.
Du allein bist der Schöpfer deines Glücks,
greife schnell danach – hole es dir zurück,
und es wird in deinem Leben,
nur Erfüllung durch Glaube, aber keine Wunder mehr geben.
Spüre den Frieden, höre „Gottes Wort" in dir,
„Habe keine Angst, und du erfährst immer Hilfe von mir."
Eine göttliche Hilfe, die jeden festen Gedanken erfüllt,
die langersehnte Träume und Wünsche
nicht mehr von Schleier umhüllt,
ein Himmelreich dir dann zu Füßen liegt,
wenn dein Glaube über die Ängste siegt.
Stück für Stück lernst du dich kennen, dich erleben,
wissen, für dich wird es keine Wunder mehr geben,

denn das, was du für Wunder hast angeseh'n,
ließen fester Glaube und innige Gebete entsteh'n.

Liebe ist eine Gottesmacht

Weggelaufen vor meinen Gefühlen und meiner Traurigkeit,
hinein in die Stärken der anderen –
mich entfernt vom Schöpfer, so weit.
Ich wollte einfach nicht sein, wie ich bin,
voller Liebe und Gefühle – eine Außenseiterin.
Ich wollte die Blumen, die Schönheit um mich herum
nicht mehr seh'n,
ich konnte die ganze Welt nicht mehr versteh'n.
Oft fühlte ich mich einsam und verlassen,
konnte den Sinn des Lebens nicht erfassen.
Oft stand ich mit meinen Gefühlen – wie Liebe – allein,
gedemütigt, belächelt – es durfte nicht sein.
Das Leben kam mir dann so grausam vor,
ich oftmals meinen Weg verlor.
Die Schwermut mich in eine falsche Richtung trieb,
bis ich die Stimme hörte: „Komm zurück, ich hab dich doch lieb",
vergessen war die Vergangenheit, ich begrüßte die Liebe in mir,
mein Herz ist voller Dankbarkeit dafür.
Heute bin ich glücklich, darf endlich zeigen, wer ich bin,
begreife, es hat doch alles einen Sinn,
denn durch Liebe, Glauben und Danken,
gibt es für mich keine göttlichen Schranken.
Ich hülle mich ein in des Schöpfers Gebet,
spüre die Führung – von früh bis spät.
Wonnegefühle des Dankes sind mein Lohn,
die Erkenntnis der Liebe – ich spüre sie schon.
Zu lieben, zu zeigen, wer ich wirklich bin,
ist die größte Erfüllung, mein Leben hat wieder einen Sinn.
Das große Verstecken hat endlich ein Ende,
der liebe Herrgott schaffte diese göttliche Wende,
denn Liebe und Glaube sind eine göttliche Macht,
so hatte der liebe Gott sich den Frieden für uns gedacht.
Oft fühle ich mich wie ein Kind, so schwerelos und frei,
göttliche Liebe und Führung hilft mir dabei.

Das sind die großen Geschenke unseres Vaters – sie geben mir Mut,
sie geben mir die Kraft zu denken – alles wird gut.
Das sind die ganz großen Wunder, die ich jetzt spüre in mir,
ich danke und danke – immer nur Dir.
Deine Energie, Deine Allmacht dehnen sich immer mehr in mir aus,
ich habe das Gefühl, bald bin ich zu Haus.
Du nimmst mich an die Hand, führst mich fort,
hinein in das Licht – an den richtigen Ort.

An den Ort, wo Liebe und Glaube Heilung ist,
wo keiner den anderen vergißt,
wo Mensch und Tier sich Freiheit gibt,
wo jeder merkt, er wird geliebt,
wo Gott uns näher als zuvor,
wo Engel singen noch im Chor,
dorthin möge meine Führung geh'n,
in dieses göttliche Versteh'n.

Reichtum in Fülle

Ich nahm mir nur selten Zeit für das Wichtigste in meinem Leben,
wollte nur nach Sicherheit streben,
wollte Kinder, ein Heim, Besitz und Geld,
denn das war sicher die heile Welt.
Zu oft war ich die Außenseiterin,
hielt das Armsein für sehr schlimm.
Zu oft durfte ich am Zaune steh'n,
den Reichtum bewundern, mein Gott, das wäre schön.
Der Wohlstand anderer hatte mich oft blind gemacht,
denn ich suchte mein Glück im Außen,
habe nicht an meine Seele dabei gedacht,
an mich selbst, eine Seele mit Herz und Gefühl,
ist denn Reichtum wirklich mein Ziel?
Je mehr ich besaß, desto schwerer wurde mein Herz,
das war nicht meine Erfüllung,
noch größer wurde der Sehnsuchtsschmerz.
Das Leid öffnete endlich mir die Augen,
was dann geschah, konnte ich anfangs nicht glauben.
Ich zog mich zurück, ging in die Stille,
schaute in mich hinein, hier fand ich Reichtum in Hülle und Fülle.
Eine ganz neue Art von Reichtum bot sich mir dar,
es war unfaßbar, ein Wunder, als dieses geschah.
Ich sah mich, mein inneres Kind, ganz klein in einer dunklen Ecke,
verwundet und verwendbar für andere Zwecke.
Ganz leis, klopfte ich selbst an meine Tür,
mein Herz öffnete sich – ich stand plötzlich vor mir.
Das erste Mal sah ich mich an,
fand Trauer und eine Frage in meinem Gesicht,
„Warum hat materieller Besitz für dich denn soviel Gewicht?
Schau dich doch an, ob du glücklich bist auf dieser Welt,
ist es wirklich dein Leben, was dir gefällt?"
Wieso, ich hatte doch alles im Leben,
warum konnte ich nicht glücklich sein,
warum saß ich in der Dunkelheit, so ganz allein?

Das Kind schaute mich an, „fang endlich an mich zu lieben,
falsches Denken ließ dich erkranken,
hat dich von deinem Weg vertrieben."
Ja, es war der Reichtum, der materielle Besitz anderer Leute,
ich selbst wurde des scheinbaren Reichtums Beute.
Ich selbst hatte mich durch diese Gedanken
in eine dunkle Ecke gebracht,
ich selbst hatte schon lange nicht mehr gelacht.
Jetzt saß ich hier und wollte endlich raus,
mich lieben, wohlfühlen in Körper und Seele,
in meinem eigenen Haus.
Das Herz öffnete sich weiter und weiter,
ich sah die Schönheit meiner Seele,
ich war schon wieder etwas heiter.
Das erste Mal sah ich die große Liebe, den Glauben in mir,
nie zuvor geöffnet soweit meine Herzenstür,
nie zuvor hatte ich das Licht der Welt erblickt,
nie zuvor von mir, als Gottes Schöpfung, so entzückt,
nie zuvor habe ich Gottes Nähe so gespürt,
ja, das ist wahrer Reichtum,
den man im materiellen Leben oft verliert.
Diesen wiedergewonnenen Reichtum
hatten viele Umwege mir gebracht,
sie waren wohl wichtig, erst heute bin ich aufgewacht.
Jetzt erarbeite und ertaste ich diesen Reichtum jeden Tag etwas mehr,
ich spüre wieder Freude, Erfüllung, wo mein Herz zuvor leer.
Endlich sehe ich meine Aufgaben, die Fähigkeiten in mir,
lieber Gott, ich spüre dich wieder, ich danke dir.
Jetzt bin ich einen großen Schritt mir näher,
darf erkennen, was meine Aufgabe ist,
darf wissen, was dir fehlte und wer du, trauriges Kind, eigentlich bist.
Jetzt fühle ich mich wieder im Gleichgewicht mit der Natur,
das war sicher Gottes Wille nur,
denn:

Reichtum kann nur mein göttliches Bewußtsein mir geben,
ich spüre Erfüllung – ich will wieder leben.

Vom Leid zur allerhöchsten Freud

Ein großes Seelenleid
führte mich oft zur höchsten Erkenntnis – zur größten Freud'.
Es sind oft die Schmerzen,
die uns öffnen unsere verschlossenen Herzen.
Oft war es die negative Erfahrung, mein eigenes Leid,
das mich vom Positiven überzeugte,
für das Göttliche in mir machte bereit,
für meinen Weg im göttlichen Plan
machte ich diese Lehren, die Schmerzen hatte ich mir selbst angetan.
Der liebe Herrgott half mir durch spürbares Lenken
zum richtigen Denken.
Ich lief oft gegen diese selbsterschaffene, unsichtbare Wand,
die nur aufgestellt von meinem eigenen Verstand.
Ich hörte nicht mehr seine göttliche Stimme im Herzen,
ich war taub, entschied mich für Not und Schmerzen,
doch daß diese Last wurde mir nicht zu schwer,
sorgte der Herrgott, das wußte ich erst hinterher,
denn nicht unser Vater, wie der Mensch häufig denkt,
hat mich wieder einmal falsch gelenkt,
es war seine himmlische Hand, die ich hatte überseh'n,
darum mußte ich den Weg der Erfahrung geh'n.
Wir können oft nicht glauben, daß es Gott den Vater wirklich gibt,
obwohl er uns täglich beweist, daß er uns liebt,
obwohl er täglich zu uns spricht:
„Öffne die Augen, mein Kind, tue es nicht!"
Er seine Zügel ganz locker hält,
nur du hast einen falschen Weg gewählt.
Die Umleitung über eine schwere Lehre bist du selbst gegangen,
seine große Liebe hat dich immer wieder aufgefangen.

Du darfst dich immer frei entscheiden in deinem Leben,
Hilfe wird dir immer seine Alliebe geben,
denn Hilfe in deiner Ausweglosigkeit,
brachte er immer zur richtigen Zeit,
doch lernen, lieber Mensch, muß du ganz allein auf dieser Welt,
du darfst Fehler machen und leiden so lang' es dir gefällt,
doch eines Tages spürst du endlich, du warst nie allein,
zu oft wurde dir Hilfe gegeben,
das konnten weder Wunder noch Zufall sein,
dann, lieber Mensch, beginnst du zu beten
und zu glauben an unseren Herrn,
denn du hast endlich begriffen, er half dir, er hat dich gern,
dann fühlst du ein großes Dankeschön in deinem Herzen,
für diese Einsicht durch Leid und Schmerzen.
Dann begreifst du, wie weise der Herrgott ist,
du spürst die Liebe seiner Schöpfung, die du immer hast vermißt.
Du bist so voller Glückseligkeit,
dein Weg war nicht umsonst so weit,
nur noch Dankbarkeit trägst du im Herzen
für diese, deine Vergangenheit,
die dir brachte allerhöchste Lebensfreud'.

Dann weißt du, daß es kein Wort in deiner Sprache gibt,
dem Herrn zu danken, daß er dich so sehr liebt.

Heft 3

BEWUSST – SEINS – WERDUNG

Liebe ist ein verdienter Lohn

Gott bist du, Gott bin ich

Gott bist du, Gott bin ich,
in allen Formen, in allen Eigenschaften zeigt er sich.
Er verkörpert die Schönheit und die Liebe der Natur,
er verkörpert die „Alleinheit“ nur.
Jeder Baum, jede Blume seine Sprache spricht,
jedes Wesen trägt Gottes Gesicht,
sein Wort in der gesamten Schöpfung ruht,
nur wer es hört, auch Gutes tut.
Der Herr sorgt nicht für Zorn und Zwist,
das ist die Sprache des Menschen, er allein schuldig ist.
Wo Gott ist, ist Harmonie, Verständnis und Güte,
und daß er all' seine Schäflein sorgfältig behüte,
daß ihm ja keines verloren geht,
wacht er über uns, von früh bis spät.

Unser freier Wille

Wir können uns jeden Tag neu entscheiden,
zu wachsen, oder auch stehenzubleiben.
Wir können uns aber auch jeden Tag steuern, durch richtiges Denken,
oder in die Stille gehen – durch göttliches Lenken.
Wir können die negative oder die positive Seite leben,
im Glauben, der liebe Gott wird uns immer vergeben.
Wir können so viele Umwege geh'n,
denn sie sind alle als Lehre zu versteh'n.
Wir haben den freien Willen bei Tag und in der Nacht,
unser Wunsch wird erfüllt – von unseren eigenen Gedanken gemacht.
Darum kontrolliere deine Gedanken,
lasse sie wachsen im göttlichen Licht,
dein Staunen kennt keine Grenzen –
keine Dunkelheit trübt mehr dein Gesicht.
Wäre ein Wesen äußerlich auch noch so entstellt,
sähest du nur die Schöpfung, das Göttliche dieser Welt.
Wir würden Gott sehen in allen Dingen,
uns fühlen wie auf Engels Schwingen.
Unser Licht alles in Gottes Mantel hüllt,
wir würden endlich verstehen, denn wir sind so erfüllt,
erfüllt von Gottes Glauben und Energie,
unsere Liebe, unsere Fülle und unsere Kraft würde versiegen nie.

Wir würden nicht mehr werten durch menschliches Denken,
dem Schöpfer mehr „Glauben und Vertrauen" schenken.

Licht

Wenn Licht dein Inneres erfüllt,
wenn du bereit bist und gewillt,
dem Schöpfer Aufmerksamkeit zu schenken,
der Herrgott anfängt dich zu lenken.
Wenn du bereit bist, deine Liebe seiner Schöpfung zu geben,
wird seine göttliche Energie dein Bewußtsein heben.
Wenn das wundervolle Licht in dir den ganzen Planeten einhüllt,
die Sehnsüchte aller Wesen erfüllt,
dann lebst du in Gottes Licht, in seinem Plan,
du spürst, du hast ein gutes Werk getan.
Gefühle wie Dankbarkeit und Wonne
lassen dich erscheinen ganz klein,
es ist kein Wunder, sondern dein Gottglaube, ganz allein.
Es war dein Glaube, der es ließ gescheh'n,
die Kraft deiner Gedanken – so wunderschön.
Keine Magie, kein Zauber brachten dir das Glück,
nur du holtest es dir mit deinem lichtvollen,
göttlichen Denken zurück.
Du hast das Licht in dir erkannt,
mit deinem Herzen kannst du es regeln, nicht aber mit dem Verstand.
Schalte an dein Licht, bevor es nach außen geht,
verstärke die Liebe – es ist nie zu spät.
Laß erkennen deinen wahren Kern,
leuchte wie ein großer Stern.
Schicke deine Strahlen in die ganze Welt,
lasse die Erde erleuchten, wie Gott es gefällt.

Spüre, daß deine Kraft gewaltig ist,
spüre, daß nur du mit verantwortlich für alles bist,
für das Geschehen auf dieser Erde, auf diesem Planeten,
beginne mit dem Herzen zu denken – mit dem Herzen zu beten,
zu beten für unser aller Glück,
hole dir die Liebe der Menschen und die Schönheit der Natur zurück,

denn Glaube und Vertrauen schenken dir himmlische Güte,
kontrolliere deine Gedanken – dich vor allem Bösen hüte,
So kannst du nicht nur helfen dieser traurigen Welt,
so schaffst du einen lichtvollen Planeten – der wieder jedem gefällt.

Nur wahres Licht befreit

Ich sehe ein Licht – es leuchtet für mich,
und alles Dunkel in Freiheit auflösend sich.
Ich fühle mich geborgen, umhüllt von der Liebe,
genieße diese wundervollen Momente, bete, daß es so bliebe.
Das Licht kommt näher, füllt meinen Körper, mein ganzes Sein,
ich fühle nur Weite – nur Sonnenschein.
Ein Licht, das jede Zelle füllt,
mich tausendfach umhüllt,
das leuchtet in die Welt hinaus.
erfüllt mein Herz, mein ganzes Haus.
Es leuchtet durch jedes friedvolle Wesen auf Erden,
gern würde es auch dein Lichtlein werden.
Es hält mich gefangen in seinem Bann,
ich fühle mich frei, ich wieder richtig atmen kann.
Es öffnet mir Tür und Tor,
noch bin ich ängstlich und verharre davor.,
doch der nächste Schritt wird sicher bald getan,
ich fange schon zu beten an.
Die Angst einer großen Zufriedenheit weicht,
sie flüstert mir zu – es ist doch so leicht,
nur noch ein Schritt weiter ins Vertrauen,
und Du wirst bald in Gottes Lichtlein schauen.

Lasse Gottes Licht leuchten in dir,
es öffnet jede Herzenstür.

Nur der Glaube an mich ist der stärkste Schutz

Durch Kummer und Traurigkeit wächst oft Erfahrung,
ein großes Versteh'n,
die Gewißheit der Schöpfer hilft mir, er hat es geseh'n,
er hat erkannt meinen, mir fehlenden Mut,
er schickte die Stille – dieses Nachdenken, das Gefühl, alles wird gut,
gut, um in vielen Dingen Klarheit zu gewinnen,
nicht aber Verzweiflung, sondern Zeit, um darüber nachzusinnen.
Zeit, um meinen mir vorbestimmten Weg klar zu seh'n,
meine Aufgabe im göttlichen Plan zu versteh'n.
Zeit, um ganz einfach richtig zu erkennen,
um anzupacken – mich nicht in falsches Mitleid zu verrennen.
Mir zu zeigen, passe auf, sei auf der Hut,
wähle endlich deinen Weg – zeige endlich mal Mut.
Zeige Mut für Dinge, die du spürst, doch nicht kannst lenken,
auch wenn dein Verstand dagegen,
solltest du mehr Vertrauen mir schenken,
denn ich kann nur wirken über Intuition und Gefühl durch dich,
lasse es geschehen und alle Wünsche erfüllen sich.
Ich allein weiß, was für dich gut ist und richtig,
darum achte auf dein Gefühl – nur das ist wichtig.
Ich freue mich, wenn du dich läßt lenken und führen,
ich freue mich, wenn du mich immer stärker lernst spüren,
spüren, was deine Aufgabe ist in diesem Leben,
dafür habe ich dir diese Empfindungen, diese Spiritualität gegeben.
Ich lasse dich schützen bei Tag und in der Nacht,
löse du nie die Lehren anderer, sondern nur deine,
die dir sind zugedacht.
Du kannst nicht wissen, was anderen ist bestimmt im Leben,
gönne auch ihnen die Lehre – mehr als Verständnis und Liebe kannst
du nicht geben.
Arbeite an deinem Wachstum – glaube an mich,
erkenne deine Lehre, die auch nur bestimmt ist für dich.

Erkenne deinen Platz im göttlichen Plan auf Erden,
nur dann bist du mir Hilfe – nur dann kann wieder Frieden in dir werden,
denn ist erst Frieden in dir, mein Kind,
alle Menschen um dich herum in Frieden auch sind.
Nur jene Seelen, mit liebevollem, menschlichem Denken,
sind mir Hilfe im göttlichen Lenken,
wenn ich dich erreiche, du wirklich spürst, wie sehr ich dich mag,
erst dann bist du unverwundbar und seelisch stark.

Der Glaube an mich gibt dir so viel Kraft in der Not,
der Glaube allein schützt dich vor Hunger und Tod.

Begreifen

Alles begreifen, was oft mir geschah,
alles verstehen, doch heut' ist mir klar.
Alles begreifen – es hat einen Sinn,
nicht im menschlichen Denken,
sondern im göttlichen Lenken,
doch am Ziel – ein großer Gewinn.
Alles begreifen, daß alles nur für mich geschieht,
Gottes Wege große Ziele nach sich zieht.
Alles zu begreifen muß oft ich dem Schöpfer überlassen,
ich wäre überfordert –
mein menschlicher Verstand kann's nicht erfassen.
Ich kenne noch nicht den Sinn meines Lebens,
ich werde beten, begreifen, nicht's geschieht vergebens.
Ich sollte einfach begreifen –
der Allmächtige ist's, der mein Leben lenkt,
begreifen, daß alle Lehren er mir als Hilfe schenkt.
Ich sollte begreifen, daß mein Leben seine Schöpfung ist,
auch die Tiere, die Pflanzen in der Natur er nie vergißt.
Ich sollte begreifen, daß alles ist sein Werk allein,
ich sollte zufrieden und wieder dankbar sein.
Ich sollte begreifen, daß die Wiesen, Wälder und Seen,
die Natur um mich herum
einfach als Verschönerung meines Daseins zu verstehn,
Das Singen der Vögel sollte unser aller Herz erreichen,
doch wir zerstören weiterhin – wollen einfach nicht begreifen,
daß alle Tiere haben das gleiche Recht auf Erden,
erfahren auch seine Liebe – sollten beschützt von uns werden.
Ich sollte endlich begreifen,
daß das Wesen Mensch oft ist sehr dumm,
es vernichtet weiter – die Natur ist längst stumm.
Wir Menschen nehmen uns doch das Lachen, den Frohsinn der Natur,
wir haben noch nicht begriffen – von Einsicht keine Spur,
immer noch ist Geld und Wohlstand sehr gefragt,
niemand nach den Bedürfnissen der Schöpfung fragt.

Ach, könnten wir Menschen doch wieder hören, sehen und fühlen,
würden sich drehen wieder im Wind Gottes Mühlen,
würden wir Menschen uns nicht als eigene Schöpfer seh'n
und endlich begreifen:
„Gott schuf – ich, Mensch, danke recht schön!"
Beten, daß wir wieder diese Schöpfung dürfen erfahren,
und begreifen, wie schön es war am Anfang –
vor vielen, vielen Jahren.

Dein Wille geschehe

Mein Schicksal auf Erden habe selbst ich bestimmt,
kein Mensch mich absichtlich verletzt, mir Illusionen nimmt.
Die Bürde, die ich trage, bestimme ich ganz allein,
der liebe Gott wird mich stützen,
doch ich selbst werde immer der Urheber sein.
Ich ganz allein bestimme die Schwere meiner Last auf Erden,
meine Mitmenschen, meine Umwelt können mir nur Helfer werden.
Ganz gleich, wo ich bin auf dieser Welt,
die Weichen hat der liebe Gott gestellt.
Er allein weiß, was meine Lehre hat für einen Sinn,
doch für die Schwere nicht er, ich ganz allein verantwortlich bin.
Er kennt die Strecke meines Zuges, mein Ziel,
doch das Entgleisen ist oft mir zuviel.
Diese Entgleisung wird oft mir vom lieben Herrgott geschenkt,
beweist mir, ich werde vom Schöpfer gelenkt,
Er unterbricht die Strecke, sagt einfach „Halt“,
steure mit dem Herzen nicht aber mit Gewalt,
er sagt: „Schau hin, mein liebes Kind,
achte auf dein Gefühl, wir auf dem falschen Wege sind.
Das ist der erste Hinweis einer falsche Strecke,
verstehe, sonst ich dich
mit einer noch größeren Entgleisung schrecke.“
So hilft er mir, ich mache es ihm oft schwer,
ich erlebe seine Allmacht – seine große Liebe immer mehr.
Sein Wunsch nur, daß ich das richtige Ziel erreiche,
und nicht mehr von meinem Weg abweiche,
nur deshalb ich mich oft fühlte schlecht im Leben,
denn andere Hinweise, Hilfen kann der Schöpfer mir nicht geben.
Wenn ich dieses erst habe erkannt,
höre ich auf mein Gefühl,
werde nicht mehr steuern mit meinem Verstand.

Ich schmücke mein Steuer mit Liebe und Verstehen,
werde alle Hinweise als „Göttliche Führung“ sehen.

Gottes Wort in dir

Mein Wortschatz ist so klein, oh, Herr,
das auszudrücken, was ich fühle, fällt mir schwer.
Mein Vertrauen ist in Dankbarkeit gehüllt,
von Licht und Liebe aufgefüllt.
Alle Sinne sind berauscht von „Deiner Allmächtigkeit",
jede Zelle im Körper von Christusliebe durchströmt – geöffnet so weit
So schön wie eine Mittagsblume in der Sonne,
so fühle ich mich wie in einem Meer voller Wonne.
Ich höre das Rauschen der Ströme in mir,
kosmische Christusströme, gesandt von dir.
Mein ganzer Körper ist Sehnen,
meine Augen gefüllt von Tränen.
Jede Zelle ist aktiviert für deinen Gottesplan,
ich spüre Anfang – es wird etwas getan.
Meine Liebe zu dir ist so grenzenlos auf diesem Planeten,
ich möchte nur noch in der Stille beten,
in der Hoffnung, daß viele Menschen spüren deine Liebe jetzt,
bevor man sie ganz fürchterlich verletzt.
Mögen sie wieder großes Vertrauen zu dir haben,
und sich an deinem göttlichen Reichtum laben.
Möge das Dunkel ihrer Gedanken sich auflösen in Licht,
und hören, wer in der Stille zu ihnen spricht,
wieder verstehen dein göttliches Wort von Frieden auf Erden,
wir würden schneller wieder glücklich werden.

„Gottes Wort in dir" gibt dir Antwort auf alle Fragen,
du solltest lieber mal hinhören, nicht immer gleich verzagen.

Mein Spiegel

Du, lieber Vater, zeigst mir meinen Spiegel Tag für Tag,
zeigst mir jetzt oft Dinge, die ich an mir nicht mag.
Du gibst mir zu erkennen, was nicht in deiner/meiner Ordnung ist,
Du sagst: *„Wache auf – zeige, wer du wirklich bist“.*
„Zeige deine wahre Natur, zeige deine Liebe, die dich fast erdrückt,
gib dich zu erkennen – du warst oft weit mir entrückt.
Dein wahres Selbst zu zeigen
fehlte oft dir der Mut in der Vergangenheit,
aber jetzt, liebes Kind, wird es allerhöchste Zeit.
Ich brauche dich mit all deiner Liebe und Güte,
habe keine Angst, denn verstärkt ich dich behüte.
Jetzt ist es allerhöchste Zeit, deine Aufgabe zu erkennen,
ich muß es dir nicht erst sagen, erst nennen,
denn du, liebes Kind, du spürst es sicherlich,
was jetzt deine Aufgabe ist – was zu tun ist für dich,
zu tun ist in der schweren Zeit,
meine Allmacht und deine große Liebe sind bereit,
zu erkennen, daß alles machbar ist,
solange du im Vertrauen und in der Liebe bist.
Lasse dein Dasein hier auf Erden
endlich zur Erfüllung werden.
Oft wird es dir schwer fallen dich für deine Aufgabe einzusetzen,
man wird dich des öfteren verletzen.
Oft wirst du mit mir hadern, vielleicht auch mit dir,
denke einfach an dein Sternenbild – ein kraftvoller Stier.
Im richtigen Moment auch meine Kraft dir zur Verfügung steht
und du wirst spüren, wie wundervoll, daß diese Welt sich dreht.
Sie dreht sich bis deine Wünsche sind am Ziel,
und die Belohnung größer ist, als nur viel,
dann hast du das Gefühl, in einer Traumwelt zu leben,
für diese Erfüllung würdest du alles geben.
Doch würde ich dir schon zeigen heute diese wundervolle Welt,
deine Zweifel würden es erschweren unter diesem Himmelszelt.

Bleibe in der Hoffnung auf die kommende Zeit,
glaube mir, sie ist nicht mehr weit,
ein Geschenk, was so heilsam für deine Seele ist,
sei dir deines Lohnes gewiß."

In der Liebe zum Schöpfer wird es niemals Grenzen geben,
die Erfüllung Deiner Träume ist ein göttliches Erleben.

Vom Frohsinn getragen

Schwingend in die Luft – vom Frohsinn getragen,
auf Engelsflügeln – einfach sich fühlen wie in Kindertagen.
Einfach die innere und äußere Freiheit genießen,
einfach die Gedanken unkontrolliert wieder lassen fließen,
einfach das Göttliche in mir leben,
und sich einfach der Führung hinzugeben.
Mich geben, wie ich nun einmal bin,
das hätte endlich wieder einen Sinn!
Fort mit den Schranken aus meinem Leben,
wieder diesem Kind in mir die Freiheit geben.
Die Freude leben – das unbegrenzte Glück,
ich hole es mir zurück!
Um mich herum alles in Licht einhüllen,
und mich wieder mit Gottes Liebe auffüllen.
Ich möchte fühlen, verstehen, wie er,
nur darum ist mein Weg so schwer.
Schwer, bis die Erkenntnis meine Seele erreicht,
nur darum ist der Weg holprig – und nicht leicht,
Oft denke ich an das Kind in mir sehr,
das spielerisch erreicht viel, viel mehr,
das nicht lange überlegt, sondern Tatendrang spürt,
sein Ziel fröhlich erreicht – es wird ja geführt,
geführt, durch Vertrauen und festen Glauben ganz allein,
auch, wenn es stolpert – es kann sich trotzdem immer wieder freu'n.
Es denkt nicht lange nach, was ist geschehen,
es versucht es noch einmal – es wird seine Prüfung besteh'n,
Lachend hat es diese Lehre erkannt,
ließ sich von seinen Gefühlen lenken –
nicht aber von seinem Verstand.
Das Kind spürt diese göttliche Führung ganz genau,
sind wir Erwachsenen, wir Allwissenden wirklich so schlau?
Wir sollten unsere Kinder häufiger als große Lehrmeister seh'n,
wir würden so manches im Leben besser versteh'n.

Schau doch, wie dein Kind fröhlich in die Welt hinausschreitet,
wie es voller Hoffnung seine Arme ausbreitet,
schau, was es dir durch seinen Liebreiz gibt,
ist es nicht Beweis genug – es wird beschützt und auch geliebt.
Darum lege deine Zweifel an den Schöpfer schnell beiseite,
nutze deine Zeit – dich lieber auf einen lichtvolleren Weg vorbereite.
Gib deine Zustimmung zum göttlichen Plan,
begreife – Christus nur für uns die Leiden auf sich nahm.
Er wird kommen zur richtigen Zeit,
er allein weiß – jetzt ist es soweit,
uns seine Hilfe zu geben – ohne lange nachzudenken,

„Sollten wir nicht in Demut ihm unser ganzes Vertrauen schenken?“

Wo Lieder laut erklingen

Wo Lieder laut erklingen,
wo Kinder fröhlich singen,
wo jeder Mensch den Nächsten liebt,
und denkt: *„Schön, daß es Dich gibt!"*

Wo jeder nicht an sich nur denkt,
wo jeder dem anderen Aufmerksamkeit schenkt,
wo jeder wieder *„Danke "* sagt,
und nicht nur nach dem Lohne fragt.

Wo jeder jeden als Begleitung durch's Leben sieht,
wo keiner vor seinem Nachbarn flieht,
wo jeder Mensch an jeden denkt,
wo jeder jeden betrachtet als *„Gottes Geschenk"*.

Wo jeder in jedem Gott den Vater sieht,
wo jeder spürt, er wird geliebt,
wo jeder von jedem lernt im Leben,
und niemand sich würde über den anderen erheben …

… dort meine Gedanken wandern voll Sehnsucht oft hin,
dort hätte das Leben endlich wieder einen Sinn.
Dort könnten alle wieder lachen und singen,
dort könnten alle nur gewinnen.
Gewinnen zurück:
Frieden, Liebe und Freud,
dort gäbe es Frohsinn und Glockengeläut,
dort könnten wir leben unendliche Lust,
dort würde das Herz jubilieren – sich weiten die Brust.
Die Nähe unseres Schöpfers würden wir wieder spüren,
dort könnten wir gleich gewinnen, müßten nicht erst verlieren,
um zu erkennen in allergrößter Not,
welche Fehler wir machten – warum fehlt uns das Brot?

Um wieder einen freudvollen Weg zu geh'n,
müssen wir erst leiden, um wieder zu versteh'n,
uns erst wieder sehnen nach diesem vergangenen Glück,
müssen wir lernen Stück für Stück.

Begreifen, daß nur Frieden kann werden,
wenn wir wieder schätzen Gottes Gaben auf Erden,
und jedes Wesen als Gottes Schöpfung anseh'n,
endlich wieder mit Andacht durch's Leben geh'n.

„Das wäre schön!"

Sehnsucht

Schmerzhafte Sehnsucht, die ich in Worte nicht kleiden kann,
depressive Sehnsucht, mit der Frage: „Wann, endlich wann?“
Mit der immer wiederkehrenden Frage:
entscheide ich richtig oder nicht?
„Weshalb ist mein Weg so schwer, wie verurteilt vom Gericht?
Weshalb immer wieder diese Dunkelheit durchleben?
Würde es doch endlich eine Antwort für mich geben!“
Antwort auf alle meine Fragen,
doch die Sehnsucht zerreißt mich schon seit Tagen.
Ich fühle, daß etwas Gewaltiges geschieht,
und trotzdem fühle ich mich geliebt.
Ich fühle mich gerüttelt und geschüttelt in dieser Zeit,
ich fühle mich aber auch bereit,
bereit, meinen mir vorbestimmten, göttlichen Weg zu geh'n,
mein fester Glaube hilft mir dabei – ich kann es noch nicht versteh'n.
Ich bin bereit für einen Weg, der mir ist unbekannt,
völlig ausgeschaltet ist mein Verstand.
Ob mein Weg nach rechts, links, geradeaus oder rückwärts führt,
ist gleich, denn ich habe oft gespürt,
daß *„Sein Wille richtig“* ist,
und daß man oft vergißt,
Dankbarkeit zu üben,
besonders an Tagen, die alle Sinne trüben.
Als neuen Hinweis nehme ich die schmerzhafte Sehnsucht an,
als Zeichen der Veränderung – wann?
Ich habe das Gefühl, meinem Körper fremd zu sein,
ich habe das Gefühl, mein Verstand ist zu klein,
zu klein, um diese Geschehnisse zu begreifen, zu erfassen,
ich werde nicht mehr urteilen – ich werde es einfach lassen.
GOTT, unser Vater, wird jetzt steuern und lenken,
er wird mir die Kraft für meine Aufgabe schenken.

Kraft, die große Veränderung mir wird bringen,
im Glauben und Vertrauen wird es gelingen,
seinen Plan in die Tat umzusetztten,
durch Beten und Hoffnung wird er keinen verletzen.
Wird diese Hilfe mir oft als brutal auch erscheinen,
oft höre ich Menschen verzweifelt weinen,
weil sie kein Brot, keine Existenz mehr haben,
während sich andere immer noch am Reichtum laben,
wenn ich dann oft Zweifel habe, ob es Gott den Vater überhaupt gibt,
mich frage, wen er denn wirklich liebt?
Ist er nur Gott der Reichen auf diesem Planeten?
Dann werde ich traurig, gehe in die Stille und fange an zu beten.
Dann spüre ich so wundervolle Gefühle in mir,
dann schäme ich mich, daß ich den Glauben verlor – und danke dir.
Dann schickst du mir Liebe und Kraft,
dann habe ich das Gefühl – ich habe es geschafft,
dann danke ich und weine gerührt,
dann weiß ich, du bist es, der mich führt,
dann weiß ich, alles hat einen Sinn,
ich muß heute noch nicht wissen – wohin?
Alles wird geschehen zur richtigen Zeit,
erst dann, wenn ich bin dazu bereit,
doch wenn ich bereit bin, brauche ich nicht mehr zu fragen,
denn Du, lieber Vater, wirst es mir sagen,
dann kommt sicher ein großes Versteh'n,
Freude und Dankbarkeit, weiter an Deiner Hand zu geh'n,
dann kommt wieder Liebe und Licht in diese dunkle Welt,
dann wird erstrahlen das ganze Himmelszelt,
dann werde ich wieder spüren deine vollkommene Güte,
und bitten, daß der liebe Gott mich weiterhin behüte,

dann werde ich im Einklang mit der Schöpfung sein,
und mich nie, nie mehr fühlen allein.

Lebe die Liebe

Liebe hat tausendfache Formen,
weitab aller Normen.
Liebe hat oft kein Gesicht,
alle sprechen davon, doch sie ist es oft nicht.
Liebe kann sehr oft auch Haß bedeuten,
Trennung, die schon viele Menschen bereuten.
Liebe kann auch Verletzung heißen,
alle Erinnerungen zerreißen.
Liebe läßt dich oft anders erscheinen als du bist,
Liebe oft deine ganze Persönlichkeit vergißt.
Völlig verirrt stehst du da, weißt nicht mehr ein noch aus
DAS SIEHT VERDAMMT NACH LIEBE AUS!
Wenn Liebe verletzt, ist es oft wie ein Dolchstoß ins Herz,
ein Brennen wie Feuer – ein unmenschlicher Schmerz.
Wenn unerwiderte Gefühle dich so etwas spüren lassen,
dann ist es Liebe, dann kannst du auch hassen.
Liebeskummer ist der größte Schmerz auf Erden,
läßt Verliebte oft zu Tätern werden.
Doch wird die Liebe erfahren – gelebt,
so mancher auf rosa Wolken schwebt.
Das ganze Himmelreich feiert mit dir ein Hochzeitsfest,
wenn du die Liebe leben läßt.
Alles wirst du erreichen, alles wird dir gelingen,
und große Engelscharen für dich singen.
Sie geben dir die Himmelsmacht,
wo oft du hast an Wunder nur gedacht.
Nur die Liebe öffnet dir jedes Tor,
darum tritt hindurch – bleibe nicht davor.

Denn wahre, ehrliche Liebe, die du erfahren im Leben,
kannst du an viele Menschen weitergeben,
doch dieses Wunder wird dir nur geschenkt,
wenn es von Liebe, in Liebe wird gelenkt.

Der Weg ins Licht

Ich danke, ich danke
Meditation am 31.1.97

Überwältigt von wundervoller Liebe in mir,
eingehüllt in Licht und Wärme – bin ich ganz bei dir.
Ich muß diesen Platz der Stille verlassen,
die Gefühle, so mächtig – ich muß sie erst fassen.
Ein Friedenstaumel, nur Erfüllung in mir ist,
ich bin so glücklich – wie habe ich es vermißt.
Viele ungeweinte Tränen steigen in mir empor,
machen mir deutlich, was ich verlor.
Vergessene Gefühle von Liebe und Glück,
der liebe Herrgott bringt sie mir jetzt zurück.
Oh, Herr, ich danke dir, für diese Seligkeit, dieses große Gefühl,
für die vielen Lehren – es war kein Spiel.
Oh, Herr, ich danke dir für diese Tränen im Herzen,
zur Heilung aller Narben und Schmerzen.
Oh, Herr, ich danke dir für das strahlende Licht um mich herum,
ich bin voller Andacht und Liebe – ganz stumm.
Überwältigt von *„All Seiner Liebe"* in mir,
mit einer übergroßen Sehnsucht nach dir.
Es sind Gefühle, so groß wie das Meer,
eine Fülle wohltuender Wärme – zu beschreiben sehr schwer.
Die Stimme meines Herzens kann ich wieder versteh'n,
die Wärme, die Liebe – sind so heilsam, so schön.
Meine Tränen spülen die Dunkelheit fort,
alles wird Licht – ich höre wieder Gottes Wort.
Ich spüre wieder Freude, Glück und Licht,
ich sehe aber auch sein ernstes Gesicht,
welches so viel Bedauern zeigt,
sich immer tiefer zu mir neigt.
Der Herr scheint zu fragen: „Wieso, weshalb, warum?
ließet ihr es geschehen – ist die Natur jetzt stumm?
Die Allmacht meiner Liebe konnte Euch nicht mehr erreichen,
vor Brutalität und Vernichtung mußte sie weichen.

Doch ihr, die ihr trotz der Grausamkeit
den Glauben an mich nicht habt verlor'n,
euch schicke ich verstärkt Hilfe durch Liebe –
euer Fühlen – wie neugebor'n.
Euch mache ich zu meiner Hilfe bereit,
lange wird's nicht mehr dauern – es ist bald so weit.
Doch fürchtet euch nicht, ich werde immer bei euch sein,
betet verstärkt, ruft mich an – ihr seid nie allein.
Ihr werdet meine Liebe spüren, Tag und Nacht – immer mehr,
öffnet eure Herzen – ich liebe euch sehr.
Nur über die Liebe, das Vertrauen kann ich euch erreichen,
und werde nicht von eurer Seite weichen.
Die Sehnsucht, die ihr jetzt verspürt,
ist die langvermißte Sehnsucht nach Liebe und Wärme,
die euch wieder zu mir führt.
Über diesen Weg von Liebe und Licht
könnt ihr mich immer erreichen,
die Dunkelheit hat keine Chance – wird immer von euch weichen."

„Du immer in Sicherheit bist,
wenn Du das Beten nicht vergißt".

Spiel mit meinem Gefühl

Schon wieder mal nur Spiel mit meinem Gefühl,
schon wieder mal nur Trauer und Schmerz, so viel.
Schon wieder mal durfte ich Werkzeug sein,
und man ließ mich menschlich allein.
Schon wieder mal spürte ich nur Vorteilsdenken,
es wird Zeit mir selbst mehr Aufmerksamkeit zu schenken.
Ich war wieder mal bereit alles zu geben,
und stand wieder mal allein im Regen.
Schon wieder mal suchte ich das Glück über andere Leute,
und wieder mal wurde ich selbst zur Beute.
Schon wieder mal wollte ich anderen helfen, sie stützen,
und konnte wieder mal meine Seele nicht schützen.
Ich half anderen zu ihrem Glück,
und meine Seele blieb wieder mal verkrüppelt zurück.
Wieder mal nahm man meine Hilfe gern,
doch mich hielt man auf Distanz – ganz fern.
Mich stellte man nach Gebrauch liebevoll in die Ecke,
ausgedient – verwendbar für andere Zwecke.
wieder mal habe ich mich getäuscht, wie so oft in meinem Leben,
wieder mal die Einsicht vom einseitigen Geben.
wieder mal habe ich mich menschlich überschätzt,
ich wurde tiefer als jemals zuvor verletzt.
Dieser Hinweis war stärker – ein Muster aus alter Zeit,
„Schenke dir selbst mehr Beachtung – sei nicht nur immer bereit,
bereit, nur anderen zu helfen und zu geben,
deine Seele würde noch größere Verletzungen erleben.
Ein Gleichgewicht wäre angebracht,
hast du darüber schon mal nachgedacht?"
„Du bist ein menschliches Wesen,
was ebenso viel Liebe braucht, wie es gibt,
nur darum fühlst du dich so ungeliebt.
Sieh dich als Behälter gefüllt mit Licht, Liebe und Glück,
doch wenn du nur gibst, bleibt er irgendwann leer
und ausgetrocknet zurück.

Das ist das momentane traurige Gefühl in Dir,
du brauchst viel Liebe und Kraft – hole sie dir jetzt von mir.
Nimm auch die Liebe anderer an,
damit dein Behälter sich wieder füllen kann.
Fange an, dich zu lieben und zu akzeptieren,
und du wirst nicht mehr verlieren.
Du hast so viele verborgene Talente in dir,
jetzt bekommst du Unterstützung von mir".

Du solltest nicht nur für andere Bewunderung im Herzen tragen,
glaube endlich an dich – fange an, etwas selbst zu wagen,
denn das größte göttliche Geschenk trägst du nur in dir allein,
packe es aus und du wirst wieder glücklich sein.

Wann habe ich den Mut, meine Gefühle zu zeigen?

Wie oft habe ich mich meiner Gefühle geschämt,
wie oft war ich von schweren Gedanken gelähmt,
wie oft wurde ich verhöhnt und belacht,
wie oft hat man sich über meine Gefühle lustig gemacht,
oft ich nicht wußte, was ich sagen durfte, was nicht,
die Reaktion anderer schlug mir schmerzlich ins Gesicht.
Ich konnte alles lesen in ihrem Benehmen,
ich war einfach anders, tat mich oft schämen.
Große Zweifel bekam ich an mir und meinem Denken,
ich betete zu Gott, mir mehr Einsicht und Vertrauen zu schenken.
Ich wollte gern lustig und unbeschwert wie die anderen sein,
nicht nur im Schatten stehen, ich brauchte dringend den Sonnen-
schein.
Wollte auch leicht und locker durch's Leben geh'n,
wollte auch nur die schönen Dinge seh'n,
doch ich schaute näher hin, sah immer etwas mehr,
ich sah Rücksichtslosigkeit, mein Herz wurde schwer.
Egoismus und Unehrlichkeit
sah ich verstärkt in dieser Zeit.
Ich sah, wie die Menschen es zu Wohlstand brachten,
sich einfach lustig über ihre Mitmenschen machten,
sie einfach traten in den Dreck,
Hauptsache, es erfüllte ihren Zweck,
Hauptsache sie gewannen – nicht er,
sie kannten keine Skrupel, ihnen fiel es nicht schwer.
Diese Menschen hatten den größten Humor,
doch ich litt mehr noch als zuvor.
Ich wurde trauriger von Tag zu Tag, verstand mich nicht mehr,
ich hatte keine Orientierung, mein Herz war so leer.
Geliebt wurde oft das Böse, die Ungerechtigkeit,
ich gehörte einfach nicht dazu, es ist nicht meine Zeit.
Ich flehte oft zu Gott Vater, unserem Herrn,
mir zu helfen, denn er hat mich doch gern.

Ich sehnte mich nach einer anderen Zeit, nach meinem Leben,
das mir endlich würde Erfüllung geben.
Ich sehnte mich nach Liebe, Vertrauen und Ehrlichkeit,

wann ist es endlich soweit?

Die Macht des Gebets

Mit ausgestreckten Armen, der Sonne entgegen,
einfach in positiven Gedanken schweben,
einfach wieder das Gefühl des Vertrauens spüren,
und sich nicht in Ausweglosigkeit verlieren,
einfach wieder mal fragen: „Warum?“
der Schöpfer in dir bleibt nicht stumm.
Seine Antwort ist dein Gefühl,
du mußt nur hinhören, in die Stille gehen, das ist sein Ziel.
Schalte einfach mal das Radio aus,
und komme zurück in dein eigenes Haus,
in das Haus deines Herrn,
er gibt dir die Antwort, denn er hat dich gern,
er allein hilft dir in schwerer Not,
er gibt dir das Wasser und das nötige Brot,
er allein ist der Schöpfer von Mensch, Tier und Natur,
nicht aber der Mensch – der zerstörte nur.
Alle Sorgen und Lasten in deinem Leben,
darfst du getrost in des Schöpfers Hände legen.
Richte dein Gebet öfter mal wieder an unseren Herrn,
er ist dir näher als jeder funkelnde Stern.
Er wacht über dich, bei Tag und in der Nacht,
er gibt dir Hilfe, wo du verzagst und nicht mehr an Hilfe hast gedacht.
Er niemals straft, sondern nur erhält,
denn seine Schöpfung ist die ganze Welt.

Erst wenn der Mensch verzweifelt denkt, alles ist zu spät,
erst dann er sich erinnert an das göttliche Gebet,
erst dann spürt er, daß unser Herrgott existiert,
erst dann beginnt er zu beten, bevor er alles verliert.

Fürchte dich nicht!

Mit Leichtigkeit gehe ich durch den heutigen Tag,
voller Sonne im Herzen – wie ich es mag.
Mit großem Anteil am menschlichen Gescheh'n,
wie soll diese Welt nur weiterbesteh'n?
Den Bauch voller Liebe für ein neues Leben,
möge der liebe Gott uns Menschen vergeben.
Eine neue Daseinsform wächst jetzt in mir,
ein großes Tor öffnet sich – geradewegs, oh Herr, zu dir.
Zeigt mir den Weg ins Licht, in die Freiheit zurück,
ein neues Hoffen – ein ganz kleines Stück.
Der heutige Tag – ein Beginn ins „Neue Leben",
ein winziger Einblick in die Zukunft in unser Erstreben.
Ohne Angst um Hab und Gut,
für dieses „Leben" einsetzen unseren ganzen Mut.
Belohnung ist die Erfüllung aller Wünsche,
allem menschlichen Denken,
der liebe Herrgott wird uns tausendfach beschenken.
Wir bekommen wieder unsere Gefühle zurück,
Gefühle von Liebe und Geborgenheit, von unsagbarem Glück.
Wir werden erkennen, daß dieses wahrer Reichtum ist,
den wir so viele Jahre haben vermißt,
denn Reichtum, wie wir ihn haben gesehen,
ist im Sinne der Schöpfung nicht zu verstehen.
Der Reichtum, der uns Glück bringen sollt',
brachte nur Brutalität – von Gott Vater nicht gewollt.
Für uns war es nur ein Statussymbol,
entfernte uns weit vom körperlichen Wohl.
Dieser Reichtum, erzeugt durch menschlichen Verstand,
uns immer weiter entfernte vom göttlichen Band,
vom göttlichen Band der Nächstenliebe,
gab es nur noch Gewalt und unmenschliche Hiebe.
Hiebe, die eine jede Seele erstarren ließ vor Leid,
so grausam und freudlos ist diese Zeit.

Wir entfernten uns so weit von Gott, unserm Vater,
denn nur das Ego war unser Berater.
Vorbei war unser christliches Denken,
vorbei auch unser liebevolles Schenken.
Mein ganzer Körper sehnt sich nach Liebe zurück,
in die göttliche Einheit – das menschliche Glück.

Dort wird Reichtum nach Liebe bemessen,
nach tiefen menschlichen Gefühlen, die wir einst mal besessen,
denn unser Reichtum auf Erden ist nur eine Sucht,
ein Unglücklichsein – eine innere Flucht.
Genau in diesem Moment – als ich so dachte,
durchströmte mich Liebe, als wenn jemand die Tür aufmachte,
dann waren so liebevolle, göttliche Gefühle in mir,
ein Anklopfen an mein Herz:
„Fürchte dich nicht, ich bin doch bei dir!“
Sofort machte sich das Gefühl von Hoffnung wieder breit,
und ich bin wieder mal bereit,
meine ganze Kraft in den göttlichen Plan zu investieren,
ich fühlte, der liebe Gott wird siegen und niemals verlieren,
denn:

Wo „ER“ ist, ist das Licht,
„Fürchte Dich nicht!“

Liebe ist ein verdienter Lohn

Liebe ist ein verdienter Lohn
Liebe ist wie ein Feld mit blühendem Mohn,
sanft im Winde schwingend und strahlend voller Glut,
betäubt von ihren Früchten – wie gut das tut.
Liebe verzaubert jeden, den sie erreicht,
sie macht dir das Leben mit deiner Umwelt leicht,
Liebe ist ganz einfach der Schlüssel zum Glück,
sie strebt immer vorwärts und niemals zurück.
Sie nimmt alle Hürden, ob leicht oder schwer,
sie holt dir den Himmel immer ein Stückchen näher her.
Liebe ist wie eine Drossel, die fröhlich im Baume singt,
wie eine Lerche, die sich immer höher in die Lüfte schwingt.
Du trägst die Liebe in deinem Gesicht,
deine grauen Haare, die Altersfältchen stören mich nicht.
Die Liebe hat nur vollendet die Vollkommenheit der Natur,
von Reife, Erfahrung und Wissen, nur,
denn mit den Augen der Liebe sehe ich den Gott in dir,
ich liebe dich so sehr.
Die Liebe hilft uns alles leichter ertragen,
sie gibt uns Mut, auch mal etwas „Neues“ zu wagen.

Wer Liebe in seinem Herzen führt,
wird täglich auf's Neue vom Glück berührt.

Meine fünf Sinne

Aus meinem Herzen klingt leise Musik,
ich habe mich gefunden, ich habe mich lieb.
Es ist wie ein stummes Gebet,
wie eine Rückkehr, die in den Sternen steht.
Ich schreibe, ich male, alles Dinge, die mir Freude machen,
ich höre mich singen, höre des Herzens Lachen.
Die Flamme meines Lebens erleuchtet wie die Glut,
erleuchtet Körper und Seele – wie wohl das tut.
Ich fühle kosmisches Strömen, wie ein reißender Fluß,
wie ein Kraftwerk in mir, das alles versorgen muß.
Ich werde aktiviert, meine Ideen beginnen zu sprüh'n,
ich werde sie nutzen, bevor sie verglüh'n.
Ein Himmel funkelnder Sterne
entführt mich in die Ferne,
in eine nie zuvor erfahrene Seligkeit,
in ein Leben ohne Zeit,
von einer Ewigkeit ohne Anfang und Ende,
erzählen tausend Bände.

Meine fünf Sinne sind so berauscht von diesem Glück,
ich schaue nur vorwärts, nie mehr zurück.

Lasse Gott sprechen durch jedes Wort

In jedem Wort, in jedem Ausdruck meines Denkens,
spüre ich die Allmacht göttlichen Schenkens.
Ich spüre das „All – Eins – Sein“ mit jeder Seele,
die göttliche Fülle, daß uns nichts fehle.
Wenn du spürst, daß durch jedes Wesen Gott Vater spricht,
daß jedes Wesen hat eine andere göttliche Pflicht,
dann erst begreifst du, daß jedes Wesen eine Stütze für dich ist,
daß, wenn du es begriffen hast, nichts mehr vermißt,
dann weißt du, daß Gottes Plan aus „Allweisheit“ ist gebaut,
daß er die ganze Schöpfung überschaut,
dann weißt du, daß er keine Fehler macht,
daß er alle Wesen hat bedacht,
mit seiner Liebe, mit seiner Güte, mit seinem Licht,
du Mensch, tue endlich deine göttliche Pflicht.

Lasse dein Leben hier auf Erden,
endlich zur „Göttlichen Erfüllung“ wieder werden.

Gelassenheit

Wenn du den Schöpfer in dir spürst,
du nie die Gelassenheit verlierst.
Wenn deine Seele in Harmonie und Stille,
dann spürst du Gottes Wille,
dann spürst du seinen wahren Schöpfergeist,
dann stellst du keine Fragen mehr, denn du weißt,
daß alles, was geschieht in seinem Namen,
von deinen vertrauensvollen Gebeten kamen,
dann bist du Glaube, Liebe und Licht,
dann ist die Gelassenheit nicht nur Pflicht,
sondern Beweis genug für Gott Vater, unseren Herrn,
der dir immer wieder zeigt, er hat dich gern.

Dann hast du das Gefühl des „Göttlichen Verbundenseins“,
dann bist du mit dem Herrgott eins.

Gefühl

Mein ganzer Körper ein einziges Gefühl,
von Wonne und Liebe so viel,
von Tränen aus vergangenen Tagen,
bekomme ich jetzt Antwort auf viele meiner Fragen.
Ein großer Dank an Gott, den Vater,
er war in der Vergangenheit mein bester Berater.
Ein Gefühl, wo ich keine Worte mehr find',
eine Erleichterung durch die Träne, die über mein Gesicht jetzt rinnt.
Sie löst auf die Muster der Vergangenheit,
sagt lebe die Gegenwart und öffne dich weit,
für alle Dinge, die jetzt gescheh'n,
denn deine Welt wird wunderschön.
Sie läßt mich spüren den Schöpfer in meinem Haus,
sagt, räume auf, das Vergangene muß hinaus.
Lebe nur noch des Schöpfers Gefühl,
denn davon, liebes Kind, hast gerade du sehr viel.
Durch dich spricht täglich des Schöpfers Wort,
du kennst dein Zuhause, den richtigen Ort.
Du weißt, daß jede Lehre nur geschieht,
weil Gott der Herr dich sehr, sehr liebt.

Übe Dankbarkeit an jedem Tag deines Lebens,
dich führt die Allmacht des Vergebens,
die Liebe dieser Gottesmacht,
jetzt wieder Ordnung in dir schafft.

Beginne noch heute

Zuerst waren es Glockentöne, dann geformte Worte,
ungeschrieben verließen sie meine Herzenspforte.
Zuerst waren sie eingehüllt in ein Gewand von Unsichtbarkeit,
jetzt werden sie geschrieben, zur richtigen Zeit.
Jetzt erst begreife ich den Sinn dieser Himmelsmacht,
zuerst war es Spielerei, jetzt Worte,
die zum Überleben uns überbracht.
Jetzt sind es Hinweise, zur Rückkehr in die Liebe bestimmt,
denn jetzt der Schöpfer die Führung selbst übernimmt.
Immer wieder bietet er uns seine „Alliebe" an,
obwohl seiner Schöpfung nur Vernichtung wurde angetan.
Immer wieder zeigt er Barmherzigkeit und Güte,
„Kehre um, dich vor allem Bösen hüte."
Er spricht es, schreibt es in Wort, bekräftigt es in der Tat,
„Kehrt zur Menschlichkeit zurück", ist mit erhobenem Finger sein Rat,
„Nur ich ganz allein, weiß wo euch euer Handeln hinführt,
habt ihr denn noch nicht genug Naturgewalten gespürt?
Grausamkeiten auf der ganzen Welt breiten sich aus
und ihr sitzt immer noch däumchendrehend zu Haus.
Ihr könnt es weder einordnen, noch versteh'n,
denn für euch Nichtbetroffenen ist das Leben immer noch schön,
doch morgen, liebe Kinder, werdet ihr es sein,
denn die heile Welt ist nur noch ein Schein.
Es ist der größte Irrtum dieser Zeit,
zu glauben ihr wäret in Sicherheit,
denn morgen werdet ihr sein in großer Not,
morgen fehlt euch das nötige Brot,
ja, morgen ist es auch für dich zu spät auf diesem Planeten,
zu spät, lieber Mensch, beginne schon heute zu helfen und zu beten.
Teile schon heute mit deinem Nachbarn Freude, hilf ihm im Leid,
denn jetzt ist es Wahrheit, dir bleibt keine Zeit".

„Sprecht schon heute gemeinsam das Gebet,
denn morgen ist es bereits einen ganzen Tag zu spät".

Lasse es wieder Licht werden hier auf Erden

Freude ist die Nahrung deines Lebens,
Liebe das Steuer des Gebens.
Wo immer Freude und Liebe in deinem Herzen,
wo immer brennen tausend Kerzen,
dort hat die Dunkelheit keine Wahl,
das Licht wird ihr zur bitteren Qual.
Lasse wieder jeden Funken zu Licht in dir werden,
lasse alles wieder hell erleuchten hier auf Erden,
lasse dieses Licht sich breiten aus,
anklopfen an jede Tür, von Haus zu Haus,
wieder jeden Winkel des Planeten erreichen,
denn die Dunkelheit, die Grausamkeit muß endlich wieder weichen.
Schicke lichtvolle Gedanken als Botschaft über die ganze Welt,
nur Friede soll wieder wohnen unter diesem Himmelzelt.
Wo das Licht wieder leuchtet, in Gottes Natur,
bleibt von dem Herrscher Dunkelheit keine Spur,
wo Licht nur deine Nahrung ist,
wird Verständnis und Liebe nicht vermißt,
denn wo Licht ist, ist Gott, erlebst du höchste Vollkommenheit.

Komme zurück, denn du bist schon so weit
entfernt von diesem Christuslicht in dir,
öffne deine Herzenstür.
Erinnere dich endlich an den lichtvollen Sinn des Lebens,
der Verständigung mit Gott, des Nehmens und des Gebens.

Christus in dir

Öffne dein Herz für die liebevollen Gefühle in dir,
spüre meine Christus-Energie, meine Allweisheit in dir,
spüre den Herrn, der alle Wesen erfüllt,
der in dir die Sehnsucht nach Liebe stillt,
der dir die Hand reicht in Gefahr,
dir zuflüstert: „Hab' keine Angst, ich bin doch da",
der dich spüren läßt, du bist nicht allein,
denn deine Beschützer, meine Himmelsboten,
werden immer bei dir sein.
Oft danke ich dem Herrn für diese Freude, diese Gnade,
jeder Zweifel an Gott Vater ist zu schade.
Ich danke ihm für diese göttlichen Gefühle, das Wissen,
daß ich ein Teil von ihm, ich möchte es nicht missen.
Ich danke ihm, daß ich lernen darf auf dieser Erde,
durch seine Weisheit reifer werde.
Ich danke, daß mich sein Weg führt aus dem Dunkel heraus,
direkt in sein lichtvolles Vaterhaus.

Ich danke ganz einfach für mein „Sein",
für die Verbundenheit mit ihm, das Gefühl allein,
denn wo mein Denken und Handeln nicht mehr reichen,
stellt der liebe Herrgott die Weichen.

Aller Reichtum ist in dir

Lebst du in Gottes Glauben, wird die ärmste Hütte zum Palast,
weil durch Gottes Glauben du Frieden in dir hast,
er läßt die ärmste Hütte in seinem Licht erscheinen,
vor Glückseligkeit fängst du an zu weinen,
denn jetzt weißt du, es kann nicht Schöneres geben,
als dieses göttliche Bewußtsein zu erleben,
weil du weißt, daß kein Gold der Welt dich glücklicher macht,
hat er die Hütte, dein Selbst, dir zum Palast gemacht,
hat er dir dieses Einvernehmen mit dir selbst geschenkt,
dich gesunden lassen von dem, was deine Seele hat gekränkt,
Um glücklich zu sein, brauchen wir nämlich nicht viel,
Einfachheit ist sein Ziel,
denn unsere Seele kann sich nicht ernähren von Hab und Gut,
es sind die göttlichen Gefühle, die dir immer wieder machen Mut.
Die dir sagen:

Aller Reichtum, mein Kind, ist in dir,
alles innere Leuchten kommt von mir,
denn ist erst Licht in dir und um dich herum,
bleibt jeder böse Wille stumm.

Bekenntnis

Ich danke dir für diese Himmelsmacht,
die deine Liebe in mir schafft.
Ich danke dir für das tägliche Staunen, das Gebet,
für deine Herzensströme von früh bis spät.
Ich danke dir für jeden erlebten Tag,
für das Erkennen, daß ich dich sehr mag.
Meine Gefühle täglich stärker werden,
für meine Aufgabe hier auf Erden.
Dank allen Helfern des Universums und auch hier,
ach möge es wieder lichtvoller werden in mir.
Dank für jedes erfahrene Leid,
um mir zu zeigen, ich bin noch so weit
entfernt vom christlichen Denken,
vom uneingeschränkten Schenken,
vom Glauben an mich,
ich empfinde nur Dankbarkeit für dich.
Dir allein gehört mein Glaube, mein Vertrauen,
um wieder eine neue Freiheit aufzubauen.
Für eine endlose Glückseligkeit von früh bis spät,
hattest du, oh Herr, den Samen gesät.
Gifte und Manipulation ließen die Samen zerstören,
die Taubheit der Menschen ließen dich nicht mehr hören.
Diskomusik, Motorengeräusch und das Fernsehen
waren unsere Mittler auf Erden,
keiner wollte mehr Zeuge deiner Sprache werden.
Keiner wollte mehr die zauberhaften Klänge der Natur vernehmen,
die anderen hielten ihn für verkalkt,
er müßte sich seiner Naivität schämen,

denn hörte er Gottes Wort, müßte er von Liebe reden,
von Harmonie und Dankbarkeit,
die Menschen würden sich kopfschüttelnd abwenden,
in der Meinung, der lebt wohl in einer anderen Zeit,
doch, lieber Mensch, zeige jetzt endlich mal Mut,
zeige wie wohltuend Gottes Nähe tut.

Bekenne dich endlich zu Gott, deinem Vater,
denn nur er ist dein bester Berater.

Es gibt nur einen Vater

Es gibt nur einen Vater, der dich wirklich kennt,
nur einen, der dich beim richtigen Namen nennt.
Es gibt nur einen Vater, der nicht von deiner Seite weicht,
der dir bei Krankheit die helfende Hand dann reicht.
Es gibt nur einen Vater, der die Trauer mit dir trägt,
der deine Seele gesund wieder pflegt.
Es gibt nur einen Vater, der dich uneingeschränkt liebt,
der dir deine Wünsche erfüllt, dir uneigennützig gibt.
Diesen, deinen Vater, kannst du rufen bei Tag und in der Nacht,
du stehst unter seinem Schutz, er selbst kein Auge zumacht.
Er trägt dich auf Händen, wenn du in Schwierigkeiten bist,
auch wenn du oftmals das Beten vergißt.

Gottes Augen schauen immer auf dich, mein Kind,
denn du und ich, wir alle Kinder Gottes sind.

Wir alle sitzen im selben Boot

Alles, was in der Welt geschieht, betrifft auch dich,
du kannst die Augen schließen, glauben, es berührt ja nicht mich,
doch deine Tat genauso groß wie die der Täter,
das begreifst du erst oft viel später.
Du warst es ebenso, der es ließ gescheh'n,
du warst es, der es nicht konnte versteh'n,
daß so viele Menschen geraten in Not,
du hast nichts begriffen – du sitzt nämlich im selben Boot,
dieses Himmelsboot war uns von Christus geschenkt,
es wurde gemeinsam mit Gott Vater gelenkt,
doch der Mensch wollte lenken allein,
er wollte der Allmächtige sein.
Wenn dieses Boot jetzt schlingert, die Ruderer kraftlos sind,
dann trifft es auch dich, mein Kind.
Du schautest zu in deiner Gleichgültigkeit,
etwas selbst zu ändern, dafür hattest du keine Zeit.
Du hattest die Kraft, das Ruder mitzulenken,
doch du nahmst dir nie die Zeit, darüber nachzudenken.
Wenn dieses Boot jetzt gerät in Sturm und Wind,
wirst du spüren, daß alle Wesen Gottes Schöpfung sind,
Du wirst leiden wie alle Menschen in Not,
denn du sitzt ja im selben Boot.
Alle werden zur Verantwortung gezogen in dieser Zeit,
denn alle Seelen gehen in die Ewigkeit.
Alle Seelen, ob Täter oder Zeugen,
werden sich eines Tages vor dem Herrn verbeugen,
werden Rechenschaft ablegen über diese Tat,
darum hört schon heute auf seinen Rat,
helft uneigennützig dem Nachbarn,
ob weißhäutig oder aus einem anderen Land,
helft mit Gefühl, schaltet aus den materiellen Verstand.

Ihr alle seid wie eine einzige große Zelle auf Erden,
ist nur ein winziges Teilchen krank,
sollte sie vom gesunden Teil erhalten werden,
auch wenn du nur das winzige Teilchen bist auf dieser Welt,
begreife, daß du es bist der die gesamte Zelle zusammenhält.
sieh also deine Aufgabe in Gottes Plan,
fange an, es ist schon so viel Zeit vertan,
Nur im Verbund, in der Gemeinsamkeit, könnt ihr besteh'n,
öffnet noch heute eure Augen – die Welt ist so schön,
als eine Einheit unter der Führung des Herrn,
das hätte Gott Vater wieder gern,
denn:

Wir alle sitzen in seinem Boot,
„ER" steuerte mit Liebe – wir sorgten für Not.

Ein letztes Mal?

Ein letztes Mal zeigt sich die Natur in ihrem schönsten Kleid,
ein letztes Mal grüßt sie in ihrer vollen Schönheit – bald ist es soweit.
Auf einem anderen Planeten werden wir uns wiederseh'n
und blühen tausend mal so schön.
Unser Leben auf diesem Planeten neigt sicht dem Ende,
der Schöpfer hilft uns bei dieser grausamen Wende.
Viele Wesen tragen schon Trauer in Seele und Herz,
denn diese Reinigung geschieht nicht ohne Schmerz.
Auch ich trage Sehnsucht und Trauer im Herzen,
feierlich entzündet in mir tausend Kerzen.
Alle Naturseelen versammeln sich zum Gebet,
sie haben längst begriffen – ist es schon zu spät?
Vereint gehen sie diesen Weg ins Licht, im Vertrauen auf den Herrn,
denn sie spüren, der liebe Gott hat sie gern.
Sie klagen uns Menschen nicht an,
was wir ihnen haben angetan.
Sie beten für uns, für eine bessere Zeit,
für eine freudvollere Gemeinsamkeit
und daß wir uns alle in Liebe wiederseh'n,
uns wundervoll ergänzen und versteh'n.
Der Glaube an Gott gibt ihnen dieses liebevolle Denken,
sie keinen Tag mehr der Traurigkeit verschenken,
doch der Tag neigt sich jetzt dem Ende zu,
der liebe Gott möchte die Wende – er findet keine Ruh',
er will den Grausamkeiten ein Ende setzen,
er muß den Menschen Einhalt gebieten, es wird sie verletzen.
Sein Wille ist: „Liebe, ein Miteinander, ein Sich-Versteh'n",
seine Schöpfung wurde zerstört – es muß etwas gescheh'n.
Lange, lange hat er zugeschaut,
vertraute uns Menschen, hat auf seine Schöpfung gebaut.
Immer öfter hob er seine Hand, gab Lehren und Hinweise genug,
doch der Mensch selbst hielt sich für Gott, es war nicht klug.

Er war so blind in seiner materiellen Sucht,
hat jedes Vertrauen verloren,
über Gottes Gebet gelästert und geflucht.
Jetzt ist des Vaters Geduld, sein Vertrauen am Ende,
sein Körper gebeugt, er will diese Wende,
er will dem Bösen ein Ende setzen,
daß sie nicht weiterhin die guten Seelen verletzen.

Gott will uns zeigen, daß nur das Gute Sieger ist,
ein Exempel statuieren, das niemand vergißt.

Frieden, Frieden, Frieden

Frieden auf Erden und den Menschen ein Wohlgefallen,
das ist Gottes Wille, sicher der Wunsch von uns allen.
Für alle, die da bitten im stillen Gebet,
dem Herrn vertrauen, ist es noch nicht zu spät.
Laßt uns gemeinsam bitten, daß die Gnade Gottes uns erhört,
bevor durch Menschenhand die ganze Schöpfung wird zerstört.
Laßt uns beten für den Erdenfrieden,
und daß alle Menschen sich wieder lieben.
Laßt Frieden aus aller Munde klingen,
dem Herrn danken und lobpreisen im Singen,
für seine Güte und Barmherzigkeit,
in dieser schweren, unmenschlichen Zeit.
Oh, Herr, lasse alle Menschen, groß und klein,
wieder glückliche Gotteskinder sein.
Lasset uns helfen, anstatt zu richten,
uns wieder erinnern der göttlichen Pflichten.
Mögest Du, oh Herr, uns aus unserer Schuld befrei'n,
und Dein Sohn uns wieder Erlöser sein,
denn nur wer glaubt und Liebe schenkt,
wird durch des Vaters Hand gelenkt.

Wir bitten Dich, oh Herr, um Frieden auf der ganzen Welt, wie es „Dein Wille" ist.
Wir haben ihn so sehr vermißt!
„Allein-Sein" wird es dann nicht mehr geben,
das „All-Eins-Sein" mit dem Herrn
und seiner Schöpfung werden wir erleben.